ars vivendi®

TOMMIE GOERZ

FRENZEL

Kriminalroman

ars vivendi

Die nachfolgende Geschichte ist frei erfunden. Nichts und niemand entspricht Vorkommnissen oder Personen in der Wirklichkeit. Etwaige Übereinstimmungen sind rein zufällig und nicht beabsichtigt.

Originalausgabe

1. Auflage 2022
© 2022 by ars vivendi verlag
GmbH & Co. KG, Bauhof 1,
90556 Cadolzburg
Alle Rechte vorbehalten
www.arsvivendi.com

Druck: CPI buchbücher.de GmbH, Birkach
Printed in Germany

ISBN 978-3-7472-0352-1

Frenzel

**Komfort ist ein zerbrechliches Gut.
Das begreift man, wenn er explodiert.**

Virginie Despentes, *Das Leben des Vernon Subutex 3*

Und jetzt standen sie bei ihm vor der Haustüre, vormittags gegen zehn, einfach so, zwei Mann hoch und ordnungsgemäß bemützt. Ob er was gesehen habe, wollten sie von ihm wissen, letzte Nacht so gegen vier, viertel fünf. Hintenraus zur alten *Gusa*, der Gurken- und Sauerkrautfabrik. Da sehe er doch ein Stück der Straße von seinen Fenstern aus. Hatten sie ihn hier also auch schon wieder aufgespürt. Er war doch noch keinen Monat in der Stadt.

Er sah die zwei nur an. *Die* wollten was von *ihm*? Er sprach mit niemandem in Uniform. Bis an sein Lebensende nicht! Vor Jahren hatte er sich das schon geschworen und sich bis heute dran gehalten. Eisern, immer. Würde sich auch nie wieder was dran ändern. Er kooperierte nicht mit denen. Nie. Das brachte nur Ärger und Schwierigkeiten.

•

Warum der Schwur? Weil sie ihn von Anfang an gefickt hatten, immer. Das erste Mal schon mit fünf. Das war ihm erst viel später klar geworden, als er einmal darüber nachdachte, warum das alles so war. Er hatte mit seiner Mutter an einer stark befahrenen Straße gewohnt, direkt vorm Haus eine Fußgängerampel zum Drücken. Der runde graue Gummiknopf war immer etwas klebrig. Er wartete jedes Mal, wenn sich das grüne Männchen zeigte, noch mindestens zwei langsame Atemzüge, dann erst sprintete er los. Hatte ihm seine Mutter so eingebläut. Und Oma. Er hatte also gedrückt, das Männchen war grün geworden, er schnaufte zweimal langsam und rannte dann los. Da quietschten plötzlich Bremsen wie ein Düsenjäger, ein Auto kam von links und kurz vor ihm zum Stehen. Die

Polizei. Du Depp, du kleiner blöder, kannst doch nicht bei Rot, schrien sie ihn an und sprangen aus dem Wagen. Aber … ich hatte grün, sagte er zaghaft, zwei Atemzüge schon. Zack, haute ihm der Polizist eine runter. Knallrot war es für dich! Er schüttelte den Kopf. Zack, hatte er auch vom anderen eine. Passanten schauten zu und weg und sagten nichts. Heulend ging er nach Hause. Die Polizisten lügen, dachte er, und konnte es nicht verstehen.

•

Richtig los ging's dann mit achtzehn, er hatte nach zwei Ehrenrunden gerade frisch die Schule geschmissen. Das Bierfest der Stadt, wunderschön am Hang und unter alten Bäumen, wie mitten im Wald. Riesige Eichen, Buchen, Linden. Bis elf gab es hier Bier am Ausschank, dann schlossen die Keller, Sperrstunde. Also holten sie sich, vier Männer, drei Frauen, alle jung, alle schon angesoffen, kurz vor elf noch einmal Bier. Acht Krüge, volle Maßen. Weil jetzt endlich die Musik verstummt und der brüllende Lärm weg war, bei dem man sich nicht unterhalten, sondern nur anschreien konnte. Sie wollten plaudern. Anfang Juni, laue Frühsommernacht. Das Gelände leerte sich, die Besoffenen wankten heim oder torkelten hinunter in die Stadt, weitersaufen in Dirndln und Lederhosen mit karierten Hemden. Sollten sie. Er und die sechs anderen aber wollten nicht in den Trubel, also blieben sie sitzen. Nippten an ihren Maßen, damit ihnen der Stoff nicht zu schnell ausging, es gab so viel zu reden, freies Spiel der Hormone. Um halb eins hatten sie noch immer drei volle Maßkrüge, da ging es los. Fünf Mann der Wach und Schließ rückten an, komplett in Schwarz, wie Nazis. Ziemlich verhaute Gestalten, ausnahmslos vom Leben Gezeichnete, aber fast alle noch jung. Nur ein Älterer dabei.

So, Feierabend! Ansatzlos aggressiver Befehlston.

Sie reagierten nicht.

Fei-er-a-bend! Jetzt schon die reine Drohung.

Sie reagierten nicht, warum sollten sie auch.

Hört ihr nicht? Schluss, Feierabend, Heimgehen jetzt, haut endlich ab.

Dies hier ist öffentliches Gelände, hier zu sitzen ist nicht verboten, und wir machen keinen Lärm. Sie haben kein Recht, uns zu vertreiben, klärte der Jurastudent sachkundig und gesetzeskonform die Schwarzkittel auf. Sachlich, aber mit Unterton.

In fünf Minuten seid ihr weg. Wir kommen wieder. Die Schwarzen trollten sich, Wichtigkeit und Bosheit in den Gesichtern.

Fünf Minuten später kamen sie wieder, tatsächlich. Zwölf Mann, mit Hunden, gleichzeitig von allen Seiten aus der Nacht, wie im Film. Näherten sich schweigend dem Tisch. Griffen sich die Krüge, schütteten den Inhalt fort, wortlos, zogen ihnen die Bänke unterm Hintern weg, rempelten, schubsten. Grinsten machtbewusst.

Wenn du keine Chance hast, ist es besser, du ziehst dich zurück. Also machten sie sich auf den Weg, provozierend langsam jedoch als letzten, kleinen Triumph. Da zog einer eine Waffe, drückte ab, in die Luft. Ein zweites Mal, jetzt auf den Boden. Dreck spritzte auf, die Knarre war tatsächlich scharf. Sie stürmten los, flüchteten die Gasse bergab in Richtung Stadt, weg vom Gelände. Was bei den kaputten Wach- und Schließlern den Jagdtrieb erst entfachte und sie zwei ihrer Hunde von der Leine ließen. Fünf von ihnen wurden gebissen, drei mehrfach. In die Waden, in den Hintern. Zerrissene Hosen, Fleischwunden, Blut.

Die Sanitätsstation unten war noch besetzt, sie ließen sich verarzten und die Verletzungen attestieren, dann gingen sie auf die Wache.

Drei Stunden Warten.

Zähe, lustlos-genervte Anzeigenaufnahme.

Und jetzt?

Nichts. Das war's.

Wie!? Die schießen scharf und lassen die Hunde los – und dann »das war's«?

Schulterzucken, mitleidiges Lächeln. Geht heim.

Nein.

Es brauchte eine halbe Stunde Diskussion und Renitenz, bis sich endlich zwei Polizisten widerwillig bereit erklärten, mit ihnen hoch aufs Gelände zu fahren und die Männer zu identifizieren.

Dort trafen sie die Wach- und Schließler an, zusammensitzend, ziemlich betrunken. Identifizierten sie.

Der Schütze hatte keinen Waffenschein, die Waffe war nicht registriert. Die Hundehalter hatten keine Papiere für die Tölen, nicht mal einen Impfpass. Private Hunde ohne jede Ausbildung, aber scharf. Personalien wurden aufgenommen, die Waffe konfisziert, die Hunde mussten vom Gelände und durften nicht wieder mitgebracht werden, Ende der Veranstaltung. Der Himmel über der Stadt atmete längst das erste Licht.

Das Ende vom Lied: ein Brief der Staatsanwaltschaft vier Monate später. Verfahren eingestellt wegen Geringfügigkeit. Er begriff nicht: Schusswaffengebrauch, unerlaubter Waffenbesitz, Hunde ohne Papiere und Impfnachweise auf Menschen gehetzt und und, das war doch alles bewiesen und belegt – und jetzt nichts? Die machten, was sie wollten. So fing es eigentlich an.

•

Ein paar kleine Dinge kamen dazu, füllten unmerklich das Fass. Das zum Beispiel, noch im selben Jahr, an einer Ampel: er mit dem Auto unterwegs. Im Augenwinkel sah er gerade noch, wie das Licht von grün auf gelb schaltete. Da kannst du, darfst du nicht mehr bremsen. Und fünfzig Meter hinter der Kreuzung? Die Schmiere. Kelle raus, anhalten.

Das war ja jetzt aber knallrot.

Tut mir leid, da müssen Sie sich irren, es wurde gerade erst gelb, wenige Meter, bevor ich …

Fahrzeugpapiere, Zulassung. Unerbittlich. Sind wir wohl farbenblind? Neenee, das war so was von knallrot, Freundchen, mindestens schon zwei Sekunden.

Hast du keine Chance. Gegen zwei Bemützte? Er musste zahlen.

•

Die Bullerei, dein Freund und Helfer? Nicht ein Wort von ihm würden die zwei zu hören kriegen, egal, ob er etwas gesehen hatte oder nicht.

•

Oder das, noch so ein Erlebnis. Ein oder zwei Jahre später, in einem Vorort. Er war stadtauswärts gefahren, Baustellenbereich, je eine enge Spur für jede Richtung, Überholverbot, dick durchgezogener Strich. Vor ihm ein Holländer, ortsfremd, schleichend, nach irgendetwas suchend. Sonst kein Verkehr. Nach einer kleinen Kreuzung schließlich blinkte der Holländer, fuhr rechts ran auf den Gehsteig und blieb stehen. Hatte wohl in der Seitenstraße die Polizisten gesehen, zwei Wagen, fünf Mann, wollte sie wahrscheinlich fragen. Also fuhr Frenzel an dem haltenden Holländer vorbei. Einer der Polis sah gerade über die Schulter zu ihm hin, sie hatten Blickkontakt, die anderen standen mit dem Rücken zur Kreuzung, alle. Hatten irgendwas zu tun.

Zwei Wochen später: Post im Kasten. Anzeige. Überholen im Baustellenbereich im Überholverbot. Zeugen: vier – *VIER!* – Mützenträger. Wo nur der eine über die Schulter geblickt hatte. Sechzig Mark.

Er legte Widerspruch ein.

Dreihundert Mark.

Er legte Widerspruch ein, fuhr ins Präsidium, forderte den Kollegen, schilderte den Sachverhalt.

Wollen Sie uns wohl drohen? Uns Falschaussage vorwerfen?

Es endete bei achthundertfünfzig Mark.

•

Das Fass endgültig voll machte dann die Sache mit Dick, also Jochen Köppel. Hieß Dick, weil er so war. Einer von der Rockercrew, mit der Frenzel eine Zeit lang unterwegs war. Ein Bär. Eigentlich ein Lamm und gemütlich, aber unberechenbar, wenn er getrunken hatte. So wie Frenzel. Hatte er zu viel intus, wurde er ungemütlich, oft schon aus nichtigem Anlass. Dann schlug Dick auch schnell zu. Hatte deswegen auch schon gesessen, nicht nur einmal.

Eines Tages hatte ihn Dick angerufen. Hopp, Frenzel, ich fahr nach Düsseldorf. Kommste mit?

Was soll ich in Düsseldorf?

Was weiß ich, komm einfach mit. Sind nur zwei Tage.

Machste denn da?

Hab was zu regeln.

Das hieß meistens nichts Gutes. Trotzdem, Frenzel sagte zu. Düsseldorf hatte ein coole Altstadt, irgendwas würde da schon gehen.

Alles klar. Bin in ner halben Stunde bei dir.

Dann hupte es unten, ein dicker Benz. Wo haste denn den her?

Deshalb muss ich ja nach Düsseldorf. Muss ich noch was für regeln.

Frenzel verstand nicht, fragte aber nicht mehr nach.

Dick war keiner, der schnell fuhr, er liebte es gemütlich, auch mit dem Benz. Sich in die Polster fläzen, Kippe, Musik und vor sich hin rollen. 120 km/h, selten mehr. Bei Schlüsselfeld überholen sie eine Kolonne Lkw, da rauschte von hinten einer heran. Porsche. Lichthupe, Blinker, wollte, dass sie sich in eine Lücke zwischen den Lkw quetschten und ihn vorbeiließen. Dick ließ ihn aber nicht, sie hatten noch drei Laster vor sich. Der Porsche dicht an der Stoßstange, schlängelte immer seitlich versetzt, mal links, mal rechts, als suche er eine Lücke. Verhinderter Formel-1-Pilot. Hupte, Dauerblendlicht, Blinker. Dick lehnte sich nur zurück, ging genüsslich vom Gas, wurde langsamer. Die Minute wirst wohl haben. Der Typ im Porsche kochte, gestikulierte.

Dann waren sie an den Lkw vorbei, Dick zog nach rechts, ließ ihn vorbei. Grüßte erhaben mit der Linken. Aufreizend.

Der Porsche setzte sich neben sie, zeigte den Finger, lachte dreckig, blieb neben ihnen. Dick beschleunigte. Der andere auch.

Dick bremste, der andere auch.

Dick drehte auf, was der Benz hergab. Der Porsche blieb immer neben ihnen. Hatte mit dem Beschleunigen kein Problem. 150 … 160 … 170 … Vorn kamen die nächsten Lkw, Dick schon auf 180.

Der Porschearsch lachte.

Dick ging in die Eisen, wollte den Porsche vorlassen und dann rüberziehen.

Aber der Porsche bremste auch. Bremste sie aus, ließ sie nicht rüber. Es wurde haarscharf, der Benz schlingerte. Von 180 auf 80 ist nicht ohne, und ABS gab es damals noch nicht. Sie schafften es nur sehr knapp, wären fast unter den Laster, dann war der Porsche weg, gab Gummi.

Haste das gesehen?, fluchte Dick, der Kerl wollte uns umbringen. Der wollte uns wirklich umbringen! Er kochte.

Aber er beruhigte sich wieder, zündete sich eine neue Kippe an, drehte die Musik lauter, fuhr wieder 120.

Bei der Raststätte Spessart fuhr er raus. Muss mal pinkeln. Und lass uns nen Kaffee trinken.

Als sie auf den Parkplatz fuhren, stand da der Porsche. Ja glaubst du es? Dick stieg aus. Den kauf ich mir. Ging hinüber. Hieb mit der Faust aufs Dach, wollte die Tür öffnen, da heulte der Motor auf, die Reifen quietschten, der Porsche jagte davon.

Feige Ratte!, tobte ihm Dick hinterher, schlug sich mit der Hand auf den Bizeps und zeigte die Faust.

Sie gingen pinkeln und tranken einen Kaffee.

Als sie wieder im Benz saßen, waren sie plötzlich da. Wie aus dem Nichts. Zehn, zwölf Mann, alle in Schwarz, Sturmhauben, MGs. SEK. Umringten sie. Hatten, hinter den Autos versteckt, offenbar auf sie gewartet.

Ui, jetzt wird's aber lustig. Dick ließ das Fenster herunter. Was liegt an?, fragte er den SEKler neben der Tür. Durchaus provokant. Der SEKler die Waffe im Anschlag.

Aussteigen. Fahrzeugkontrolle. Papiere.

Momentchen, hammer gleich. Dick blieb ruhig und freundlich, beugte sich hinüber zum Handschuhfach, machte es auf, griff hinein.

Da krachte ein Schuss.

Ein zweiter.

Dick versteifte kurz, sackte dann seitlich auf Frenzel, machte pfff, der Hinterkopf offen, ein riesiges Loch. Die Arme fielen nach unten. Blut. Viel Blut. Auch Hirn. Dick war erstaunlich schwer.

Keine Bewegung! Aussteigen!, brüllte einer und riss Frenzels Tür auf. Wie beschränkt so ein Bulle sein kann. Aussteigen ohne Bewegung. Absurd. Kannste, egal was du machst, ja nur falsch machen.

Ruhig, ruhig, ruhig, sagte Frenzel nur. Ich leg jetzt meine Hände auf die Ablage. Hatte er irgendwo mal gesehen oder gehört. War wahrscheinlich aus einem Film, keine Ahnung. Langsam, ganz langsam nahm er die Hände hoch und legte sie auf die Ablage, war wie in Trance, Dicks Kopf auf seinem Schoß, das Blut zwischen seinen Beinen klebrig, nass und warm. Fast heiß. Sie packten ihn und zerrten ihn raus, unter Dick hervor. Warfen Frenzel auf die Straße, auf den Bauch, Handschellen hinter dem Rücken, Knie im Genick. Durchsuchten ihn, fanden nichts. Durchsuchten den Wagen, fanden nichts. Sie zerrten ihn in die Minna, fuhren ihn fort. Auf der Raststätte starrten die Leute.

Fünf Tage hat er danach gesessen, weggesperrt, einfach so. Keine Info, kein Verhör, keine Erklärung, nichts. Aber mit blutiger Hose. Dann ließen sie ihn raus, fast wortlos.

Später erst erfuhr er, was gewesen war. Ein anonymer Anruf: Birgit Hogefeld und Wolfgang Grams hielten sich auf der Raststätte Spessart auf. Wahrscheinlich. Der Anrufer behauptete, sie erkannt zu haben, die Fahndungsplakate hingen ja überall. Er sei sich sogar ziemlich sicher. Tränken dort wahrscheinlich Kaffee, machten Pause. Ihr Wagen: ein dunkelblauer Benz. Und die Nummer.

Also Terrorfahndung.

Birgit Hogefeld und Wolfgang Grams – und dann kamen Dick und er? In welchem von beiden hatten sie wohl die Frau gesehen? Und warum wurde geschossen? Ein Mensch – einfach so abgeknallt?

Der Angesprochene habe eine Waffe aus dem Handschuhfach holen wollen.

Es gab aber keine Waffe.

Ein bisschen Hektik, ein bisschen Stress, ein bisschen Angst, ein unerfahrener, junger Kollege – und jetzt war ein Mensch tot. Dick. Jochen Köppel.

Unerfahren, aber beim SEK? Keine Zeit, noch zwei Sekunden zu warten? Lieber schießen auf Verdacht? Es gab so viele Fragen.

Aber? Nichts. Prüfung, interne Anhörung, internes Verfahren, Aussagen der Kollegen, ad acta.

Kein offizielles Verfahren, nichts. Und der Staatsanwalt spielte mit.

Das schwarze Mäppchen, in dem dann die Fahrzeugpapiere waren, habe geglänzt und wie eine Waffe gewirkt. Glaubhaft. Hätte ja eine sein können, waren immerhin Terroristen. Mutmaßlich. Der Kollege hatte in dieser Situation keine Wahl, denn was wäre gewesen, wenn?

•

Jahre danach noch verfolgten ihn Träume, fuhr er nachts hoch, schweißgebadet. Dieser Kopf auf seinem Schoß, für nichts mehr gut, die Wärme des Bluts zwischen den Beinen, die nur einen Moment zuvor noch Leben bedeutet hatte. Die Unfassbarkeit des Todes, seine ganze Ungeheuerlichkeit.

Und der Anruf? War von dem Typ mit dem Porsche, ganz sicher. Die Polizei rückte damit zwar nicht raus, verschanzte sich hinter »anonym«, aber etwas anderes ergab keinen Sinn.

Aber: Frenzel hatte das Kennzeichen, wenigstens Bruchstücke. Fulda und hinten mit 33.

Wäre herauszukriegen, wer den fuhr.

•

Allerdings hat er dann nie etwas unternommen, die Sache wäre gleich klar gewesen. Rache. Sie hätten ihn sofort gehabt, er traute ihrem »Unwissen«, ihrem »anonym« nicht.

Aber dann hatte er mit seinem Leben zu tun, Zeit ging ins Land, dann kamen die neun Jahre.

Und danach war er ein anderer Mensch.

Trotzdem: Man begegnet sich immer zweimal.

•

Das war seine Erfahrung: Bullen lügen und decken sich gegenseitig. Sprechen sich ab, tätigen Falschaussagen und decken die von Kollegen. Werden für ihr Tun nie zur Rechenschaft gezogen. Sie hatten bei ihm verschissen. Kein Wort von ihm mit denen in all den Jahren, auch nicht bei seiner Verhandlung.

Und jetzt standen sie bei ihm vor der Tür und wollten etwas von ihm wissen? Nein, ich habe nichts gesehen. Er schloss die Tür und ließ die beiden stehen.

Er hatte tatsächlich nichts gesehen. Weder am späten Abend noch am frühen Morgen. Er war draußen gewesen, hatte auf der Wiese gesessen unten am Fluss, in der Nacht. Die Ruhe gesucht. Hatte einen Biber gesehen und einen Mann, sonst nichts. Aber es muss etwas los gewesen sein in den paar Stunden. Und jetzt war die Polizei im Suchmodus.

Er machte sich einen Kaffee und setzte sich vor das Pförtnerhaus, das er seit Kurzem bewohnte. Die Welt ließ er fürs Erste draußen. Erst später ging er in die Stadt, er musste auf den Markt.

·

Frenzel war neunundvierzig. Geprügeltes Kind, wenig geliebt, viel unterdrückt, nur lästig. Ergebnis: Selbstwertgefühl verkümmert bis nicht vorhanden. Als Jugendlicher faul in der Schule, oft vorlaut, renitent und frech, aber nicht dumm. Deshalb zwar Gymnasium, doch in der Elften abgebrochen, um stark zu wirken. Ich brauch euch nicht, ich hab das Leben längst im Griff. Es folgten Jobs, Lkw entladen, Bauhilfsarbeiter, Küchenhilfe, Tankwart, Roadie für eine Band, Paketverteilungszentrum bei der Post, Umzugshelfer, Hilfstapezierer, nie etwas Richtiges. Ausbildung? Nein, das dauerte zu lang, und man verdiente nichts. Stattdessen Bodybuilding und Alkohol und Drogen. Über Jahre der Rausch als Normalzustand. Irgendwann über einen Sauf-Bekannten zu einer Rockertruppe in der Provinzstadt gestoßen. Die hatten ihn sympathisch gefunden und zu sich geladen. Normalerweise hätte er Angst gehabt vor denen, so aber war es gut. In diesem Leben fühlte er sich groß. Im Trupp martialischer Männer mit Oberarmen wie Oberschenkel irgendwo aufzutauchen. Wenn alle sofort die Köpfe einzogen und kuschten, sich klein machten und unsichtbar und sich zurückhielten. Konntest du machen, was du wolltest, hattest kaum Grenzen, fühltest dich gefürchtet und frei. Süßes Gefühl von Macht. War scheiße, war ihm klar, aber tat ihm gut. Es nahm ihm die Angst, die ihn immer begleitet hatte. Die ihn früh überfiel, nach dem Rausch. Die ihn auch am Tag überfiel, plötzlich, von hinten. Die mit dem Rausch wegging oder besser zu ertragen war. Sich besänftigen ließ. Mit seinen neuen Freunden war sie weg, zumindest gebannt.

So ging das etliche Jahre. Immer wieder Jobs, in denen er es nie lange aushielt, ein Mann ließ sich nichts sagen, und rumschicken und -kommandieren ließ er sich schon gar nicht. Dealen, Kleinkriminelles, Hehlerei, Gewaltdelikte, Geld- und Bewährungsstrafen, schließlich mal zwei Monate Bau, dann einmal fünf. Frenzel war längst stadtbekannt und gefürchtet, es ging immer weiter bergab. Er merkte, er musste etwas tun. Aber was? Er fühlte sich nicht mehr wohl; schon länger eigentlich, aber er gestand es sich nicht ein. Log sich an, machte sich etwas vor.

Und die Angst kam zurück …

•

Dann starb sein Vater. Sie hatten schon Jahre keinen Kontakt mehr gehabt, obwohl sie in derselben Stadt lebten. War ein Arsch gewesen, der Alte. Jähzornig und gewaltsam, hatte ihn und seine Mutter früh alleingelassen. Als der Vater starb, gab es die Mutter längst nicht mehr. Sie war, vor Jahren schon, mit einem anderen nach Australien gegangen und dort gestorben.

18

Im Alter war der Vater verwahrlost und hatte zu spinnen begonnen. Hatte zuletzt in der Dachkammer eines Gasthofs zwischen Stapeln unzähliger Jahrgänge von *DER SPIEGEL* und Regalen voll alter Röhrengeräte, Kondensatoren, Spulen, Drähten und Apparaturen gelebt. Er lötete und bastelte rund um die Uhr an Dingen, die niemand brauchte und niemand verstand, vielleicht nicht mal er selbst. Er führte Selbstgespräche, sprach sonst mit niemandem, und niemand sprach mehr mit ihm. Aber im Gasthof hatte er Essen, Wasser und Klo. Dann war er tot, und Frenzel musste die Dachkammer ausräumen. Er fuhr alles zum Müll, weg mit dem Zeug. Nur einen von einem Gummi zusammengehaltenen Stapel ausgefüllter Lottoscheine behielt er bei sich, den er in der Tischschublade gefunden hatte, alle aufgegeben im Lottoshop unten am Eck. Warum spielte der Alte Lotto, wenn er nicht nachsah, ob er gewann? Nachdem der Alte unter der Erde war, gab Frenzel die Scheine ab, es könnte ja sein dass … Und: Es war ein fast drei Monate alter Hauptgewinn dabei. Unglaublich. Sechs Richtige mit Zusatz- und mit Superzahl. Plötzlich war Frenzel, der Nichtsnutz, Herumtreiber, Gelegenheitsjobber, Nachtmensch und Türsteher, Millionär. Fast viereinhalb Millionen sollte er bekommen. Trotzdem glaubte er nicht recht daran, wollte nicht daran glauben. Denn Märchen gibt es nicht. Erst wenn er die Kohle hätte, würde es wahr sein. So erzählte er erst einmal niemandem davon, er wollte sich ja nicht blamieren.

•

In diesen Tagen bekam er eine Einladung, Beratungsgespräch bei der Lottogesellschaft. Dann saß er da auf dem braunen Sofa. Er solle nicht herumerzählen, dass er gewonnen habe, nicht damit angeben, sein Leben erst mal nicht spürbar verändern. Er würde sich sonst vor Bittstellern und Bettlern und vor allem vor falschen

Freunden nicht mehr retten können. Er solle den Gewinn am besten anlegen und nicht auf den Kopf hauen mit fetten Autos und so. Sie sagten das anders, aber meinten es genau so. Sie würden ihn auch gerne beraten, ihn in der neuen Situation »ein wenig an die Hand nehmen«. Sie hätten schon viel Erfahrung, sie machten das schließlich mehrmals pro Woche. Nicht mal der engsten Familie solle er davon erzählen, erst mal, denn die erzählte es sicher auch weiter. Er hatte gar keine Familie.

Er hörte sich alles an und fuhr wieder heim. Wollte erst einmal das Geld haben, es sehen, auf seinem Konto. Er glaubte noch immer nicht daran. Es waren unwirkliche Tage, diese Zeit, wie ein Schweben, ein Erwarten, ein Hoffen – und ganz viel Freude. Er würde nie wieder arbeiten müssen, könnte überall hin, könnte alles haben.

Es war einfach nicht zu begreifen.

●

Dann holte er den Auszug von der Bank. An einem Freitag war das gewesen. Normalerweise war sein Konto überzogen, oft bis zum Anschlag, er war fast immer knapp. Und dann stand da schwarz auf weiß: 4.536.277,20 Euro! Viermillionenfünfhundertsechsunddreißigtausendzweihundertsiebenundsiebzigzwanzig. Tausend nahm er sofort mit. Die könnte er, irrwitzige Vorstellung, noch am Nachmittag auf den Kopf hauen, egal für was. Oder am Wochenende. Und mehr holen, wenn es nicht reichen sollte, unendlich viel mehr!

So viel Geld, unbegreiflich viel Geld. Das machte ihn groß und frei. High. Er schwebte, aber anders als die Tage zuvor. Die Welt stand ihm offen, alles, was er sah, konnte er sich leisten, quatsch, einfach kaufen. Portokasse. Die Welt gehörte ihm!

•

Noch immer erzählte er niemandem etwas und ging abends ganz normal zum Dienst. Er war als Türsteher eingeteilt im *Trevis, der* Disco der Stadt. Am Nachmittag hatte er schon getankt, gegen die Vorschrift des Jobs, auch eine Line geschnupft. Er, der Millionär, der mit dem großen Geheimnis. Heute war ihm niemand gewachsen, keiner kannte seine Superkraft! Wehe, ihm kommt heute einer quer oder blöd. Dabei wusste er, dass Alkohol ihn aggressiv machte, aber er musste einfach feiern. Wenn nicht heute, wann denn sonst.

Und dann kam ihm tatsächlich einer quer und blöd, gleich mit seiner ganzen Clique. Es war weit nach eins. Es hatte geregnet, die Lichter spiegelten sich auf dem Asphalt, die Straßenlaternen leuchteten gelb. Die vorbeifahrenden Autos rauschten im Regen, Grüppchen junger Menschen standen zusammen, rauchten, tranken und lachten. Normale Freitagnachtstimmung, die übliche Aufgeregt- und Überdrehtheit. Die Youngsters übermütig wie immer, berauscht von den Verheißungen der Nacht, benebelt von zu vielen Hormonen. Und dann kam der Trupp dieser Jünglinge. Wollte einfach an ihm vorbei ins *Trevis.*

Stopp mal hier! Er baute sich vor der Eingangstüre auf, stellte sich ihnen in den Weg.

Was willstn? Will der denn? Mach Platz Alter, hopp.

Gelächter, ungut, herausfordernd, aggressiv. Es roch sofort nach Muskelspiel und Streit.

Nichts da, es ist Einlassstopp. Ihr bleibt heute lieber draußen. Etwas Ungutes regte sich in ihm, das spürte er da schon.

Blödmann. Willst du uns verarschen?

Frenzel stand breitbeinig vor der Tür, die Arme verschränkt, schwieg. Ihr kommt hier nicht vorbei.

Einer fasste ihn an, wollte ihn wegziehen. Provozierte. Jugendlicher Alkoholübermut.

Bekam auf die Finger, Klarstellung im Guten. Pfoten weg!

Der Jüngling ließ nicht nach.

Das geht nicht gut aus hier, wusste er irgendwie. Aber er hatte es nicht mehr im Griff. Es gab dafür keine Bremse, es war stärker als er.

Es ging hin und her, irgendwann wurden die Jungs unverschämt, frech. Beleidigten Frenzel, einer trat nach ihm, spuckte.

Ein Zweiter mischte sich ein, dann kam ein Dritter aus dem Hintergrund, fuhr seinen Fuß hoch, Kung-Fu.

Da schlug Frenzel zu. Ansatzlos und direkt.

•

Es war ein einziger Schlag, aber der saß. Der Kopf des Getroffenen klappte nach hinten wie der einer Puppe, dann fiel der Typ um wie ein Brett, knallte mit dem Kopf auf einen Schaufenstersims, dann auf den Gehsteig, Blut floss, keine Bewegung mehr. Schreie. Auch der Zweite hatte sich eine eingefangen, aufgeplatzte Backe, spuckte einen Zahn.

Frenzel wusste, dass alles falsch war, was er tat, aber der Film lief. Er hatte ihn schon vorher nicht anhalten können. Es war, als sähe er jemandem zu, der ein Arschloch war.

Inzwischen war Aufregung, großes Geschrei, Mädchen kreischten, Leute standen herum, der Sanka kam, verarztete den einen, nahm den anderen mit, der noch immer bewusstlos war.

Vier Tage später war der junge Mann tot.

Fast fünfzehn Jahre war das jetzt her.

•

§ 226 StGB, Schwere Körperverletzung, § 227 StGB, Körperverletzung mit Todesfolge. Allein Letzteres nicht unter drei Jahren

Haft, keine Obergrenze. Sie hatten ihm neun gegeben. Auch, weil er geschwiegen hatte, »spöttisch geguckt«, unkooperativ war, arrogant. Polizisten und Gericht nicht beachtete. Wiederholungstäter, siehe Vorstrafenregister, längst stadtbekannt. Schlechte Sozialprognose, haltloses Leben, wiederholt aggressiv unter Alkohol, gewalttätig. Unzugänglich, untherapierbar, uneinsichtig. Dabei hatte er nur geschwiegen, wollte mit denen nicht reden. Mit niemandem in Uniform.

•

Der Familie des Opfers schickte er einhunderttausend Euro und einen Brief. Es tue ihm sehr leid, er würde so gerne die Zeit zurückdrehen, aber das gehe nicht. Ob er wenigstens helfen könnte … Sie sollten sich dann doch melden.

Hilfloser Versuch. Er erhielt nie eine Antwort.

•

Neun Jahre Knast. Was er dort lernte, konnten die draußen gar nicht. Nicht einmal die, die mit ihm hier saßen. Hatten sie nie gemacht, hatten immer etwas zu tun, auch hier drin, und wenn es Auf- und Ablaufen war, Kartenspielen oder Dummreden. Das: Sich einfach einmal hinzusetzen und nichts zu tun. Gar nichts. Den Tag zu Ende gehen lassen, der Dämmerung zusehen, dem Kommen der Nacht. Ohne Licht, ohne irgendwas. Oder der Sonne zusehen beim Wandern von links nach rechts, dem Wandern der Schatten von rechts nach links. Über Stunden.

Konnte keiner von denen draußen. Hatten sie nie gemacht.

Dabei passierte da eine ganze Menge. Die Dämmerung zum Beispiel. Oder Regengebiete. All das passierte, nämlich im Wortsinn: es zog vorbei.

Ganze Sommer.

Oder Jahre.

Es war nicht leicht gewesen, das zu erlernen. Man musste es ja erst mal ertragen. Aushalten. Er wäre fast geplatzt dabei. Fast verrückt geworden. Hatte oft an der Schwelle gestanden, am Abgrund, ganz kurz vorm Absturz. Hatte längst schon geschwankt, gestrauchelt, um letzten Halt gekämpft. Und drunten, sollte er abrutschen, winkte der Wahnsinn, ohne Zurück …

Jetzt konnte er über Stunden sitzen und nichts tun. Auch über Tage.

Einfach.

So.

Nichts.

Tun.

Die Nachbarin von gegenüber ging aus dem Haus. Mit Hund, damit der rauskommt. Ihren Schirm dabei. Und blieb schon am übernächsten Haus stehen, plauderte mit der Nachbarin dort am Fenster. Später kam sie wieder, hatte eingekauft, ihren Beutel dabei. Der Nachbarsjunge fuhr mit dem Rad vorbei. Kam wieder zurück, fuhr erneut vorbei, fuhr einfach herum. Die Spatzen bauten ihr Nest hoch unterm Giebel. Brüteten. Zogen die Jungen auf. Dann noch die zweite Brut. Die ersten Blätter wurden bunt und fielen, der erste Schnee … Frenzel saß nur im Raum, oft auch im Halbdunkel, schaute hinaus, tat nichts.

Sah nur hinaus.

•

Er lebte. Aber er hatte ein Leben beendet. Weil er getrunken hatte, explodiert war, sich nicht im Griff gehabt hatte. Dabei hatte er gewusst, was der Alkohol mit ihm tat. Ein kleiner Moment im Leben – und so leicht zu vermeiden.

Nicht wiedergutzumachen.

Das marterte ihn.

Dick war in seinem Schoß gestorben, die Bilder verfolgten ihn. Immer einmal wieder tauchten sie auf, meistens im Schlaf. Das aber war etwas anderes, da traf ihn keine Schuld. Ein Mann vom SEK hatte geschossen, der musste jetzt damit leben. Hätten sie doch auch ihn erschossen, dachte er manchmal, dann würde der Junge noch leben.

Der Junge könnte noch fröhlich sein, sich verlieben, Vater werden, alt.

Konnte er nicht. Wegen ihm. Er hatte ihn ausgelöscht, ihm alles genommen.

Alles.

War das zu begreifen?

Das Leben war nicht zu begreifen. Und der Tod schon gleich gar nicht.

Er konnte es nicht mehr ändern. Aber sich. Nie wieder würde er etwas trinken, nicht einen einzigen Schluck. Nur: wiedergutmachen würde er damit nichts.

•

Nach dem Gefängnis musste er schmerzlich erfahren: Wenn dir jedes Mal, wenn du bei der Wahrheit bleibst, deine Welt um die Ohren fliegt, kannst du nicht anders, als zum Lügner zu werden. Zwangsläufig, aus reinem Selbstschutz. Weil die Lüge meist stimmiger ist, überlegter, rund. Die Wahrheit hingegen braucht Zeit, ist oft schwer zu verstehen. Wenn deine Wahrheit kompliziert ist oder anders, brauchst du mit ihr gar nicht zu kommen.

Bei Frenzel war das der Fall. Seine Wahrheit bestand aus fünfunddreißig Jahren – und anschließend neun Jahren Knast. Doch was zählte, war nur, dass er einen umgebracht hatte. Körperver-

letzung mit Todesfolge, genau die Knickstelle zwischen den fünfunddreißig und den neun. Hier saß für die Leute die Wahrheit,
noch Jahre danach. Wenn sie sie erfuhren, wurden sie vorsichtig und gingen auf Distanz. Zeigten mit Fingern auf ihn, wurden
misstrauisch, redeten hintenrum. Dann war er raus, wieder mal,
musste wieder bei Null anfangen irgendwo, wo ihn keiner kannte.

•

Vielleicht war Frenzel romantisch. Er wollte in Franken bleiben.
Das war seine Heimat, hier kannte er sich aus, konnte er die Sprache. Und das Land bot ihm noch so viele Möglichkeiten. Ob Kitzingen oder Erlangen, Bamberg oder Forchheim, Weißenburg,
Treuchtlingen oder Lauf, Ansbach, Roth oder Herrieden, Klein-
städte gab es hier genug, und an sein Geld kam er überall.

•

Kulmbach. Er hatte sich eingelebt, ab und zu einen Job angenommen, kleine Malerarbeiten oder Tapezieren, zwei Monate als
Aushilfe beim Zeitungsaustragen, so Zeug. Damit die Nachbarn
nicht misstrauisch wurden, weil es ihm guttat und weil er ja nicht
bloß herumsitzen konnte. Niemand sollte auch nur auf die Idee
kommen, dass er Geld besaß. Und oft ging er am Abend oder zur
frühen Morgenstunde mit seinem Fernglas hinaus, den Nebeln zu-
schauen oder ansitzen irgendwo an einem Waldrand, einer Wiese,
das Wild beobachten oder einen Häher im Nest. Einfach sitzen
und warten, was geschah.
   Da klingelte es eines Abends an der Tür. Schmiedgen stand
da, ein Lehrer, der zwei Häuser weiter wohnte. Gegenüber, erster Stock, zur Straße raus. Wenn man fast zwei Jahre irgendwo
wohnt, kennt man die Nachbarschaft. Weiß, wer wo wann und

mit wem, manchmal sogar warum, wenn man Augen im Kopf hat. Und Frenzel war viel daheim, sah häufig zum Fenster hinaus. Auch der Lehrer war viel daheim, berufsbedingt. Saß am Rechner nachmittags, auch nachts. Unterrichtsstunden vorbereiten, Arbeiten korrigieren und anderes. Gut einsehbar für Frenzel, er hatte ein russisches Fernglas. Ein gutes.

Herr Frenzel?

Ja.

Kann ich mal mit Ihnen reden? Schmiedgen wirkte unsicher, wie vom eigenen Schneid überrascht und plötzlich alleingelassen.

Um was geht es denn?

Bitte nicht hier an der Tür.

Frenzel trat zur Seite, ließ ihn ein. Schmiedgen sah sich neugierig um. Sie setzten sich an den Küchentisch. Frenzel bot ihm nichts an, wartete. Der Besucher war nervös, spielte mit seinen Fingern. Das aufgeregte Zwitschern der Spatzen draußen im Efeu an der Hauswand passte zur Stimmung im Raum.

Ja? Er musste nicht freundlich sein. Wollte er auch gar nicht.

Schmiedgen druckste herum. Lassen Sie die Finger von meiner Frau.

Was?

Sie sollen meine Frau in Ruhe lassen. Er schien einen trockenen Mund zu haben, Schweißperlen standen ihm auf der Stirn.

Wollen Sie mir drohen? Frenzel sah ihn leicht spöttisch an. Er war doppelt so breit wie der Lehrer, gut einen Kopf größer, und seine Oberarme waren dicker als Schmiedgens Oberschenkel. Der wurde noch kleiner, sah zur Seite, sagte nichts. Sonnenflecken tanzten auf dem Tisch.

Ich habe nichts mit Ihrer Frau. Sie hatten sich zweimal unterhalten draußen auf dem Gehsteig, kurz nur und zufällig, normaler Small Talk unter Nachbarn. Oder dreimal. Wetter, Hunde, Katzen, Gaspreis, Mieten, über was man so redet. Der Steinmüller aus dem Dritten hatte auf dem Fenstersims gelehnt und heruntergeschaut. Aha.

Die Nachbarn erzählen anderes.

Was sollte er darauf sagen? Gerüchte sind wie Gerüche, irgendwann sind sie einfach da. Nur: Gerüche verfliegen wieder, Gerüchte nicht. Sind sie einmal in der Welt, bleiben sie da.

Und was sagt Ihre Frau? Er wusste nicht mal deren Vornamen.

Schmiedgen schwieg.

Hallo?

Keine Antwort.

Frenzel schnaufte durch. Sie kommen hier rein, werfen mir vor, ich hätte etwas mit Ihrer Frau, stützen sich dabei auf das Gerede irgendeines windigen oder gehässigen Nachbarn und schämen sich nicht einmal? Was lehren Sie eigentlich an der Schule?

Sozialkunde und Deutsch. Kleinlaut.

Behandeln Sie da auch die zerstörerische Kraft übler Nachrede, die Eigendynamik von Gerüchten oder die Destruktivität mieser Charaktere? Frenzel war aufgestanden, hatte sich aufgebaut. Ich würde sagen, Sie gehen jetzt.

Schmiedgen war verschüchtert. Hören Sie …

Raus!

•

Kaum eine Woche später klingelte es an der Tür. Eine Nachbarin hielt ihm einen Zettel hin. Sind Sie das? War heute im Briefkasten. Ihr abschätziger Blick sprach Bände. Sie drehte sich um und ging. Frenzel las:

Liebe Nachbarn,
um es gleich vorwegzunehmen und damit unser Anliegen nicht falsch verstanden wird: Wir wollen niemanden diffamieren. Aber es gibt et-

was in unserer Nachbarschaft, von dem wir meinen, es geht uns alle an, und Sie alle sollten es wissen. Nicht um die Person, um die es geht, zu brandmarken, sondern zu unser aller Sicherheit.

Seit knapp zwei Jahren lebt im Haus Nr. 43 eine Person, die uns ihre Vergangenheit verschwiegen hat: neun Jahre Gefängnis wegen Totschlags. Wir sollten diese Person deshalb nicht verurteilen, sie hat ihre Strafe längst abgesessen. Aber wir halten es doch für wichtig, dass Sie das alle wissen.

Mit lieben Grüßen und auf weiterhin gute Nachbarschaft,
ein besorgter Nachbar.

•

Am nächsten Tag stieg Frenzel mit seiner Tasche in den Zug. Auf dem Weg zum Bahnhof warf er bei Schmiedgen noch ein Kuvert in den Briefkasten.

Herr Schmiedgen,
als Deutschlehrer kennen Sie sicher die Redensart vom Glashaus, und Redensarten sind nicht immer dumm. Ich hatte in den letzten Wochen und Monaten genug Zeit, Sie zu beobachten. Wie Sie mit Ihren Kindern umgehen. Sie anbrüllen, schlagen, nein: züchtigen, einsperren, misshandeln. Als Lehrer! Ich bin nicht bereit, das hinzunehmen wie Ihre Frau und offensichtlich Ihre Nachbarn. Ich will nicht schweigen. Wie oft schon war ich drauf und dran, Sie anzuzeigen. Ihr Glück nur: Ich hab's nicht mit der Polizei. Ihr Pech: Ich hab alles gesehen, ich habe Beweise und Ihre Ausbrüche dokumentiert. Hiermit warne ich Sie: Sie werden Ihre Kinder nie, nie, nie wieder misshandeln! Sie können sich vorstellen, was passiert, wenn das an die Öffentlichkeit und womöglich vor Gericht kommt, Sie verlieren ziemlich sicher Ihren Job, wahrscheinlich auch Ihre Beamtenpension, wandern vielleicht sogar ins Gefängnis. Und Ihr Ruf ist bis an Ihr Lebensende zerstört. Ich weiß,

was das bedeutet. Deshalb: Wenn Sie auch nur noch ein Mal ... dann erledige ich Sie, versprochen. Im Unterschied zu Ihnen jedoch mache ich aus meinem Wissen keinen Wurfzettel für die Nachbarschaft, sondern wende mich privat an Sie. Aber Sie werden für Ihre Widerlichkeit und Unbeherrschtheiten büßen. Ich weiß noch nicht wie, doch der Tag wird kommen. Nur zur Kenntnis: Die Verjährungsfrist Ihrer Misshandlungen liegt bei zehn Jahren, so lange müssen Sie mich fürchten. Vielleicht sollten Sie einmal zum Arzt.

Ich selbst verlasse Kulmbach heute, Sie haben mir eine Zukunft hier zerstört.

Ich freue mich schon heute auf Ihre Unterstützung,
Ihr Nachbar, den Sie »nicht diffamieren« wollten

Als der Zug den Bahnhof verließ, zückte Frenzel sein kleines schwarzes Notizbuch, schlug es auf, hielt Namen, Adresse und Kontaktdaten von Schmiedgen fest, und in der Spalte *Was* notierte er »Misshandlung von Schutzbefohlenen«. Es war der insgesamt sechste Eintrag aus seiner Zeit in Kulmbach und stand unter den Punkten »Giftmüll vergraben« mit den entsprechenden GPS-Koordinaten, »illegaler Besitz und Handel mit Schusswaffen und Munition«, »Fahrzeugdiebstahl, Zerlegen und Handel mit gestohlenen Fahrzeugteilen«, »Asbestplatten im Wald entsorgt« und »Ölwechsel auf dem Acker«. Es konnte nie schaden, Leute in der Hand zu haben, die dir irgendwann vielleicht einmal helfen wollten, würden, müssten. Das hatte er im Knast gelernt. Schweine musste man schweinisch behandeln, Kriminelle kriminell, Betrüger betrügen, nur auf diese Sprache sprangen sie an.

•

In Kitzingen war es ganz anders – und doch genau gleich. Er hatte eine schöne bürgerliche Wohnung mit Blick auf den Main, streifte viel durch die Weinberge, half auch einem Winzer bei der Lese und saß mit dem Fernglas ab und zu auf den Ansitzen der Umgebung, beobachtete das Wild auf den einsamen Wiesen. Viel öfter aber lehnte er sich ganz einfach sitzend an einen Baum und sah über die Landschaft. Denn wenn er saß und sich nicht bewegte, das hatte er inzwischen festgestellt, hatten die Tiere keine Angst und kamen näher heran. Als ob sie neugierig wären. So saß er manchmal bis hinein in die völlige Dunkelheit, oder er kam erst in rabenschwarzer Nacht und blieb bis zum Tageslicht. Einmal, als er am noch farblosen Morgen wieder einmal auf einem Ansitz saß, knackte es unten. Ein Jäger war gekommen.

Erschrecken Sie nicht, sagte Frenzel leise, worüber der Mann zutiefst erschrak. Er hatte Frenzel in der Dunkelheit nicht bemerkt, obwohl er mit seinem umgehängten Gewehr schon die halbe Leiter hinaufgestiegen war.

Wildern Sie hier wohl?, fragte der Jäger, nicht ganz ernst gemeint.

Mit einem Fernglas?, fragte Frenzel zurück. Ich habe noch nicht einmal einen Waffenschein.

Der Jäger hieß Graf von Politz und war Besitzer der Jagd und eines kleinen Schlösschens irgendwo in der Nähe, von denen es hier in fast jedem zweiten Ort eines gab. Leicht ächzend nahm er neben ihm Platz, das Holz knarrte.

Wollen Sie vielleicht lieber allein sein? Soll ich gehen? Frenzel flüsterte unweigerlich.

Nein, bitte, bleiben Sie doch. Haben Sie denn schon etwas gesehen?

Eine Sau mit sechs Frischlingen, mehrere Hasen, einen Bock und einen Uhu.

Dann war ja schon ganz schön was los.

Na ja, normal, würde ich sagen. Ich sitze auch schon über zwei Stunden. Der Mond war heute Nacht so hell.

Das heißt, Sie sitzen öfter hier?

Hier und anderswo, ja.

Sie schwiegen.

Einen Uhu, sagten Sie?

Ja, dort drüben. Sehen Sie die drei Eichen dort? In der hinteren sitzt er. Der Jäger nahm sein Glas, suchte und fand ihn. Wir hatten lange keinen mehr hier. Vielleicht bleibt er ja. Wäre schön.

Als langsam die Farben in die Landschaft zurückkehrten, noch vor Sonnenaufgang, verabschiedete sich Frenzel und kraxelte hinab. Ich muss zur Arbeit. War gelogen, erleichterte aber sein Gehen. Für jede Handlung erwarten andere einen einfachen Grund, sonst stellen sie nur Fragen. Hätte er denn sagen sollen, ich sitze lieber allein? Oder ich fühle mich gestört, wenn jemand neben mir sitzt? Dann doch lieber lügen. Kleine Notlüge nur.

•

Den Jägergrafen traf er im Lauf des Jahres noch öfter. Immer im Zwielicht, immer zur Stunde des Wilds. Wenige Male teilten sie sich auch einen Hochsitz, und manchmal fühlte sich Frenzel beobachtet, wenn er auf einem Ansitz oder drunten an einem Baum saß, dafür hatte er ein Gespür. Nur selten aber konnte er den Beobachter ausfindig machen. Der Jäger war clever. Einmal bot er ihm sogar an zu schießen, aber Frenzel lehnte ab, auch wenn er gerne geschossen hätte. Es brachte nichts, auf das Vertrauen anderer zu setzen. Irgendwann wendeten sie es gegen dich.

Sagen Sie mal, Frenzel, meinte der Jäger eines frühen Morgens, als dieser ihn an einem Waldweg traf. Frenzel nahm mit seinem Handy gerade einen Waldlaubsänger auf. Seine Triller und die Seufzer zwischendurch, die fast wie die einer Nachtigall klangen.

Ja?

Sind Sie eigentlich aus Nürnberg?

Ja, wieso?

Sind Sie, und dabei sah er auf die Tätowierungen, der Frenzel vom *Trevis* damals?

Sollte er lügen? Nein sagen? Der Jäger würde ihm ohnehin nicht glauben. Und so, wie er fragte, wusste er es schon. Ja.

Schweigen.

Warum fragen Sie das?

Drucksen. Nur so. Weil's mich interessiert.

Das ist doch schon so lange her.

Ja, Sie haben recht. Und ich habe Sie ja auch ganz anders kennengelernt. Ich kenne Sie ganz anders.

Hm.

Pause.

Wollen wir heute vielleicht einmal gemeinsam ansitzen?

Das war ein Angebot, aber es war etwas zerbrochen.

Nein. Doch eine Frage.

Ja?

Warum haben Sie … und wie haben Sie das herausgefunden?

Ach. Abwiegeln, unwichtig machen. Nur so. Reine Neugier. Hilfloser Lachversuch. Und wissen Sie, mein Schwager …

Ja?

… ist doch bei der Polizei, und der hat dann …

Schon wieder die Polizei! Mal so für den Schwager … aus reinem Interesse. Und das dann auch noch weitergegeben, es bleibt ja in der Familie.

Zum Schluss auch noch mit Bild?

Mit mehreren. Der Jäger lachte, fand das sogar lustig. Wunderte sich, dass Frenzel nicht mitlachte. Unbedarfter, Ahnungsloser.

Frenzel war fassungslos. Und fühlte sich erneut bestätigt. Die Polizei und wieder mal die Polizei. Sollte er das einfach so hinnehmen? Dass Vertreter der Staatsgewalt wie selbstverständlich an Gesetzen und ihren Vorschriften und den Persönlichkeitsrechten anderer vorbei agierten? Dass sie taten, was sie wollten – weil der Schwager sich für etwas interessierte? Nein, dazu war er nicht gewillt. Er würde sich etwas überlegen.

Richten Sie Ihrem Schwager aus: Was er getan hat, ist gesetzeswidrig. Er soll sich vorsehen, sonst wird er mich kennenlernen.

Der Jäger lachte auf. Sie wollen ihm drohen? Dazu brauchen Sie Beweise. Und die haben Sie nicht, weil: Sehen Sie hier irgendwo Zeugen?

Frenzel zeigte ihm nur wortlos sein Handy. Hier habe ich den Waldlaubsänger drauf. Und unser Gespräch.

Er drehte sich um und ließ den Grafen stehen.

•

Es dauerte nicht lange, da fand er den ersten Zettel im Briefkasten. Zwei Wochen später einen weiteren. So endete seine Zeit in Kitzingen. Diesmal wählte er eine Stadt mit Uni. Wo junge Menschen aus anderen Gegenden hingehen, wo man offener ist, dachte er. Vorher recherchierte er noch und notierte sich dann Name und Durchwahl des Schwagers sowie »Grundlose Beschaffung von Daten und unbefugte Weitergabe an Dritte«. Schubert hieß der Mann. Für die Androhung eines Disziplinarverfahrens könnte das schon reichen.

•

In einer neuen Stadt anzufangen war jedes Mal, wie in einen Flieger zu steigen, von dem man wusste, er würde notlanden müssen. Man wusste nicht, wann und unter welchen Umständen, man wusste nur, dass. Und man wusste nicht, ob man es überleben würde. Aber er hatte keine Wahl. Wenn er weiterleben wollte, musste er in den Flieger steigen.

•

Also der dritte Neustart. Auch hier hatte er zuerst dagestanden wie hingespuckt. Aus dem Zug gestiegen mit nichts als seiner großen Tasche. Wenige Wochen lag das erst zurück. Die Sonne stand am staubigen Himmel, Mauersegler pfeilten durch die Hitze und kreischten, Trostlosigkeit rundum. Der Bahnhofsvorplatz voll längst schwarzer Kaugummiflecken und bestückt mit den üblichen Gestalten. Haltlose, Halbstarke, wartende Schüler, eine Handvoll Geflüchteter, ein übrig gebliebener Punk. Die Halbstarken mit Handys und Getränkedosen, groß aufplaudernd, rauchend, spuckend. Pflanzentröge aus Waschbeton symmetrisch verteilt, vor sich hinkümmernde Bepflanzung, überquellende Abfallkörbe. Kaum Reisende. Kurzzeitparkplätze, eine Straße, kein Baum. Gegenüber eine Kirche, Bushaltestellen, zwei Busse mit laufendem Motor, die Fahrer rauchend daneben. Ein Kiosk, ein Imbiss Pizza-Döner-Wurst, verstaubte Schaufenster längst geschlossener Geschäfte. Universitätsstadt.

Frenzel überquerte den Platz in die Stadt hinein und suchte sich eine Pension. Nahm ein Zimmer für zwei Wochen, zahlte im Voraus in bar und bezog sein Zimmer. Dritter Stock, Bett, Tisch, Schrank, Stuhl, Waschbecken, ein Fenster hintenraus, niedrige Decken, die Vorhänge gelb.

Solche Pensionen hatten für ihn einen Reiz, teure Hotels hingegen fand er verlogen, die waren nicht seins. Er fühlte sich dort nicht wohl.

Dann hinein in den Ort, zur Geschäftsstelle der Zeitung, Wohnungsgesuch aufgeben, etwas essen, ein erster Gang durch die Stadt und am Abend, nicht zu spät, wieder zurück.

Ein Großteil der Zimmer dauerbelegt von Monteuren aus Ländern der EU, ein paar auch aus dem deutschen Osten, die Montagabend nach der Arbeit kamen und Freitagfrüh wieder verschwanden, weil sie nach Feierabend heimfuhren. Klo auf dem

Gang, eins für sechs Zimmer pro Stockwerk, kaum benutzbar vor neun, überhaupt nicht mehr ab achtzehn Uhr. Aber man konnte ja im Zimmer ins Waschbecken pinkeln.

Das Bett Pressspan und desolat, eine Ecke auf Backsteine gestellt, die Matratze durchgelegen, der Rost quietschend bei jeder Bewegung. Federbett mitten im Sommer, Bettüberzug Frottee geblümt, längst abgewetzt. Die Wände mit Mustern tapeziert, für die es in Berlin schon wieder einen Markt gab. Hier waren sie einfach nur trostlos. Abends bis halb elf waren die Handwerker laut, Lachen, rustikale Gespräche jenseits der dünnen Wände, dann schnarchten sie bis halb sechs. Ganze Wälder dickster Eichen wurden in der Pension nächtens gefällt.

•

Am nächsten Tag erschien seine Anzeige im Lokalteil:

Alleinstehender Herr – immer Herr, niemals Mann! Bei Herr denken die Frauen an etwas Seriöses – *sucht für 1–2 Jahre* – das senkt die Schwelle und beruhigt Unsichere: Die Mietdauer ist zeitlich begrenzt, man wird den Mieter, sollte er komisch sein, auf absehbare Zeit wieder los – *2–3 Zimmerwohnung, möbliert oder teilmöbliert. Zahle auf Wunsch bis zu 1 Jahr im Voraus, auch bar, auch Kaution.* Das gibt Sicherheit, suggeriert, der Suchende ist solvent, außerdem: Bargeld lockt. *Chiffre.*

Hatte er woanders auch schon geschaltet, identisch. Eine Woche später hatte er immer drei bis vier Angebote.

•

Noch am ersten Abend begann er Nachtleben und Kneipenspektrum der neuen Stadt zu erkunden, schließlich wollte er hier ein paar Jahre bleiben.

Das Wirtshaus am Ende einer schmalen Straße gefiel ihm sofort. *Gadda da Vida.* Schon von außen schien es genau die Art von Lokal zu sein, die er sich vorstellte und nach der er suchte. Kein Speiserestaurant, wo man nur zum Essen hinging, auch keine dieser Eckkneipen, wo ausnahmslos Stammgäste aus der Nachbarschaft sich täglich den Rest gaben. Und auch keines dieser Etablissements bräsiger Bürgerlichkeit, in der die alteingesessenen Stammtische der üblichen Honoratioren tagten, wo man zum ersten Bier am Vormittag die *Bild* las und bis in die Nacht hinein von seinem Stammplatz aus mit beamtiger Wichtigkeit das Stadt-, Tratsch- und Weltgeschehen kommentierte. Nein, das *Gadda da Vida* war einer dieser Orte, an denen es eine Handvoll Gerichte für Studenten gab, Chili con Carne, Suppe, Pizza, Sandwich, Burger, Salat, wo sich Menschen schon seit Jahrzehnten immer mal wieder trafen, wo es spätestens ab elf Uhr jeden Abend brechend voll war und sich Alt und Jung gleichermaßen wohlfühlten. Draußen standen ein paar Gäste und rauchten, drinnen war es noch nicht voll, denn es war erst kurz nach neun. Am Tresen war nur einer der Plätze belegt, von einem ziemlich korpulenten Lockenkopf, der konzentriert ein Buch las, rechts an der Wand entlang und hinten standen acht bis zehn Tische, an denen jeweils vielleicht sechs Leute Platz fanden. Die Musik aus den Boxen war laut, doch so, dass man sich noch unterhalten konnte. *Where is the moment we needed the most, You kick up the leaves and the magic is lost, They tell me your blue skies fade to grey …* Daniel Powters *Bad Day* lief gerade. Frenzel wählte ganz links einen Platz am Tresen, gleich neben der Eingangstür.

Bier?

Wasser nullfünf, mit einer Scheibe Zitrone, bitte.

Er lehnte sich mit dem Rücken an den Tresen und sah sich um. Das hier war eine Kneipe, in der auch noch die Jungen von gestern und vorgestern verkehrten – und von denen drei, vier oder fünf Alte schon seit Jahren ihren festen Platz am Tresen hatten und dort hängen geblieben waren. Die jeder grüßte, mit denen kaum jemand sprach und die selbst, wenn überhaupt, nur noch untereinander ein paar Worte wechselten oder mit dem Wirt. Es war schon alles gesagt. Die fast täglich kamen, meist schweigend vor sich hin sahen, ihre zwei, drei, vier Biere tranken und dann wieder gingen. Die längst wie Inventar waren. Ob das hier tatsächlich so war? Das würde er erst gegen zehn Uhr sagen können, vorher kamen diese Alten nicht und die Jungen auch nicht.

Inzwischen war es zwanzig nach neun. *You walk and walk and move around in circles, your friends telling you you are doing fine* tönte Steve Winwood mit Traffic rauchig aus den Boxen. Dreißig Jahre alter Song, aber immer noch gut. Du drehst dich dein Leben lang im Kreis, und keiner findet was dabei. Sie mussten aber auch diese alten Songs hier spielen, immerhin kam der Name der Kneipe eindeutig von dem Song *In A Gadda Da Vida* von Iron Butterfly, wobei bis heute niemand wirklich sagen konnte, was dieser Gadda da Vida sein sollte. Der Garten Eden? Die Musiker waren bei der Aufnahme damals im Studio alle viel zu vollgedröhnt gewesen.

Frenzel nahm sein Glas Wasser, zog um an den ersten Tisch gleich hinter der Eingangstüre und sah dem Treiben zu. Bis zehn Uhr saßen dann zusätzlich zu dem Buchleser vier Ältere am Tresen, und es schien alles genau so zu sein, wie Frenzel es sich vorgestellt hatte.

Zwei Stunden später wusste er: Das hier wird meine Kneipe. Und während Randy Newman *Little Criminals* sang, *What you wanna come back here for?*, zahlte Frenzel seine drei Wasser, nickte denen am Tresen zu, *You gonna screw us up again,* und trat hinaus in die warme Nacht. *We don't need you 'round here, jerk-off ... Got a plan and now we're ready ... You just leave us folks alone ...* Den gesamten Weg quer durch das Städtchen zu seiner Pension summte er Newmans Song. Die Monteure schnarchten längst. Nach einem

Blick in die Gemeinschaftstoilette pinkelte er in seinem Zimmer ins Waschbecken und legte sich hin. Es war fast ein Hochgefühl, das ihn in den Schlaf begleitete.

•

Tatsächlich schien es für ihn ein dankbares Städtchen zu sein: Schon nach drei Tagen warteten in der Geschäftsstelle der regionalen Zeitung drei Kuverts auf ihn.

•

Hallo, ich bewohne eine Sechs-Zimmer-Wohnung. Zwei Zimmer davon könnten Sie übernehmen, zusammen ca. 45 m². Gemeinsames Bad, getrennte Toiletten. 250,– €/Monat warm …

•

… Das Objekt, das ich Ihnen anbieten kann, liegt etwas außerhalb, aber sehr ruhig. Es ist ein früheres Gartenhaus, angrenzend ist eine ehemalige Schrebergartenanlage. Das Häuschen verfügt über Holzheizung, Außentoilette (mit Frostwächter) und fließend Kaltwasser, 2 Zimmer/Küche und ca. 500 m² Garten (den Sie pflegen müssten). Mietpreis 300,– €/Monat, Holz für einen Winter ist vorhanden …

•

… liegt zentrumsnah auf dem Gelände der »Gusa«, der ehemaligen Gurken- und Sauerkrautfabrik (seit etwa 30 Jahren stillgelegt). Es ist das ehemalige Pförtner- und Verwaltungshaus, zwei Stockwerke je etwa 40 m², und steht allein neben der Besitzervilla, wo ich wohne. Das ehemalige Produktionsgelände (damit Sie nicht erschrecken) ist

wie das gesamte Terrain (über 3500 m²) etwas verwahrlost. Allerdings muss ich Sie erst einmal kennenlernen, bevor ich mich entscheide.

Nicht unresolut, die Dame. Die Adressen waren jeweils anbei.

•

Frenzel sah sich die Objekte und ihre Lage auf Google Earth an, dann machte er sich zu Fuß auf den Weg, Inaugenscheinnahme.

Nr. 1 hakte er sehr schnell ab. Eine alte Jugendstilvilla inmitten weiterer Jugendstilvillen, altes Professorenviertel. Nichts lockte ihn, in so einer Umgebung zu wohnen, das konnte nur schiefgehen.

Nr. 2 sagte ihm eigentlich sofort zu. Eine Datsche im Grünen, weit und breit keine Nachbarn, nur eine Kleingärtnerei. Jedoch – gerade diese Kleingärtnerei würde vom ersten Tag an nichts anderes zu tun haben, als ihm, dem Neuen, hinterherzuspionieren.

Er lief den weiten Weg zurück in die Stadt und kam zur *Gusa*, der alten Gurken- und Sauerkrautfabrik. Ein angenehm verwahrlostes und heruntergekommenes Gelände, umschlossen von einem übermannshohen Maschendrahtzaun beziehungsweise dem, was davon noch übrig war. Die Haupteinfahrt ein großes Stahltor, hinter dem sich links der Zufahrt das Pförtner- und Verwaltungsgebäude anschloss und rechts gegenüber die Besitzervilla, Jugendstilanklang. Aus den Ritzen des Pflasters sprossen Gras und kleine Triebe von Birken und Pappeln. Flugsamen. Niemand kümmerte sich hier offenbar. Seitlich und hinten waren mehrere torlose Einfahrten zu erkennen, einfache Löcher im Zaun. Halb verdeckt von wildem Bewuchs drei längliche Flachbauten, wahrscheinlich die ehemaligen Produktionsstätten. Müll lag herum, Autoteile, eine Autoleiche, aufgebockt auf Backsteinen. Ganz offensichtlich wurde hier geschraubt.

Frenzel umrundete einmal das komplette Gelände, dann klingelte er am Haupttor.

Nichts.

Er klingelte erneut, jetzt etwas länger.

In der Villa oben wurde ein Fenster geöffnet. Ja?

Frenzel hielt den Brief hoch. Sie haben mir geschrieben.

Ich schreib niemandem.

Frenzel wedelte mit dem Kuvert. Doch, via Zeitung und Chiffre auf meine Anzeige hin. Wohnungssuche.

Verstehe. Moment.

Oben ging das Fenster wieder zu. Zwei Minuten später stand eine Frau am Eingangstor, besah sich ihn schamlos und offensiv von oben bis unten. Nickte dann und sperrte auf, ließ ihn ein.

Ich könnte mir vorstellen, dass Sie der Richtige sind.

Frenzel sah sie fragend an. Ein Blick genügte ihr schon?

Sie haben gesessen, stimmt's?

Jetzt gleich schon lügen? Nein. Er nickte.

Das seh ich an den verwaschenen Tattoos. So etwas kriegt man nur im Knast. Sie hatte ihn überrumpelt, schon war er wieder enttarnt.

Warum – beziehungsweise wegen was?

Ich gesessen habe?

Ja.

Schwere Körperverletzung und Körperverletzung mit Todesfolge.

Ups. Wie viel?

Neun Jahre.

Komplett abgesessen?

Ja.

Warum?

Ich hab's nicht so mit den Bullen. Hab nicht kooperiert.

Sie grinste fast zufrieden. Sag ich doch, Sie sind mein Mann. Hab's auch nicht so mit den Bullen. Das ist das Haus. Sie deutete auf das Gebäude links hinter der Einfahrt. Wollen Sie es sich ansehen?

Er nickte. Unten zwei Zimmer, Küche, Toilette, oben zwei Räume, kleines Bad. Zwei Tische, ein paar Stühle, ein Sessel, ein Bett, eine Rumpelkammer, fertig. Fünfzigerjahre-Zweckbau mit raumhohen einfachen Glasfenstern, eingekittet in T-Eisen. Im Sommer knallheiß, im Winter arschkalt. Da lief wahrscheinlich immer das Kondenswasser die Scheiben herunter und gefror über Nacht.

Und wie wird geheizt?

Sie deutete auf die an den Außenwänden umlaufenden, etwa fünfzehn Zentimeter dicken, mit irgendwas umwickelten Rohre. Mit Öl. Der Brenner steht bei mir drüben, die Rohre werden oft so heiß, dass Sie sie nicht anfassen können.

Er nickte. Was sind das für Betriebe dort? Frenzel deutete auf die drei Flachbauten im hinteren Bereich, wo das Schrottfahrzeug stand und ein Container.

Hier gibt es keine Betriebe.

Wie … aber …?

Sie deutete auf die herausgeschnittenen Segmente im Zaun, die zur Straße auf der anderen Seite führten. Die machen, was sie wollen, und lachen über mich. Die müssen alle weg.

Frenzel sah sie an. Meine Aufgabe?

Ja.

Und keine Polizei?

Keine Polizei.

Anwalt?

Sie sah ihn fragend an, verstand nicht, was er meinte.

Einbruch, Hausfriedensbruch, Aneignung fremden Eigentums, Stromdiebstahl, Sachbeschädigung und und, da kommt schön was zusammen.

Nee, mag ich nicht. Keine Polizei.

Okay.

Wann ziehen Sie ein?

Heute Nachmittag?

Sie sah ihm in die Augen. Sie trinken nichts, stimmt's?

Nie wieder. Er nickte.

Seh ich an Ihren Augen.

Wie hoch ist die Miete?

Sie schüttelte den Kopf. Sorgen Sie hier erst einmal für Ordnung.

Frenzel. Er gab ihr die Hand. Sie nahm sie, drückte sie. Gabriele. Er schätzte sie auf höchstens sechzig. Eher Mitte fünfzig, aber gut gelebt. Oder erst fünfzig? Auf jeden Fall sympathisch.

•

Zwei Stunden später hatte er seine Tasche aus der Pension geholt, scheiß auf den Mietrest, und zog ein. Noch am Nachmittag bestellte er zwei Rollen Maschendrahtzaun, zwei Meter hoch, dazu Montagedraht und zehn gelbe Schilder *Privatgelände. Betreten verboten!*

Mit einbrechender Dämmerung setzte er sich ohne Licht in seine Pförtnerloge. Er musste im Kopf erst noch hier ankommen, auch im Gefühl. Irgendwann hörte er einen Wagen, der Motor wurde abgestellt, Türen schlugen, kurz drauf flackerte es blau aus den Ritzen der Scheiben eines der Flachbauten. Es wurde geschweißt. Später wummerte aus dem Flachbau daneben dumpf ein Bass.

•

Am nächsten Morgen kontrollierte er die Flachbauten. Sämtliche Eingangstore waren verschlossen, das Glas der hoch liegenden Fenster entweder eingeschlagen oder zersplittert, zum Teil behelfsmäßig vergittert, die Höhlungen sämtlich von innen bündig mit Pappdeckel abgeklebt. Nichts zu sehen.

Er klingelte bei Gabriele. Ob sie die Schlüssel für die Tore habe? Sie hatte sie nicht. Die »neuen Nutzer«, wie sie sie nannte, hatten neue Schlösser eingebaut, sie hatte keinen Zutritt mehr zu ihrem Eigentum.

Sie schlug vor, dass sie sich duzten.

Gabriele Simon, sag Gabi.

Frenzel.

Frenzel wie?

Er zuckte mit den Schultern. Frenzel.

•

Bis zum Nachmittag hatte Frenzel die in den Zaun geschnittenen Löcher, Durchschlupfe und Einfahrten mit dem Maschendrahtzaun ausgebessert, und rundum hingen nun die gelb-schwarzen Schilder *Privateigentum. Betreten verboten!*. Er fotografierte sein Werk.

Am späten Nachmittag stellte er sich einen Stuhl in den Schatten zwischen den Büschen und ließ die Dämmerung kommen.

Es dauerte bis in die Dunkelheit hinein, als ein offensichtlich getuntes Fahrzeug drüben entlangblubberte, bei einem der ehemaligen Löcher einbiegen wollte, bremste und stehen blieb. Das Fernlicht ein- und wieder ausschaltete. Eine Person stieg aus, stämmiger junger Mann, besah sich den Zaun, schüttelte den Kopf, ging an den Kofferraum und kam mit einem Seitenschneider zurück. Als der Besucher den Schneider zum ersten Mal ansetzte, ließ Frenzel seine LED-Taschenlampe aufblitzen und leuchtete ihm ins Gesicht.

Was machen Sie da?

Ich will in meine Werkstatt.

Ihre was?

In meine Werkstatt.

Sind Sie sicher?

Schweigen. Der Mann versuchte, die Augen abzudecken, um den, der da leuchtete, zu erkennen.

Können Sie die Schilder nicht lesen?

Die waren gestern noch nicht da.

Und deshalb meinen Sie, Sie könnten hier so einfach reinkommen?

Schweigen, angestrengtes Nachdenken.

Zu was, meinen Sie, zäunt ein Besitzer seinen Besitz ein?

Schweigen. Äh …

Und welche Freude, meinen Sie, bereitet es einem Besitzer, wenn man seine Stromleitung anzapft und Strom auf seine Kosten verbraucht?

Aber … die gesamte Einrichtung der Werkstatt ist mein Eigentum.

Hier befindet sich keine Werkstatt.

Hören Sie, in der Halle hab ich Werkzeug für über tausend Euro.

Es gibt hier keine Werkstatt.

Das wollen wir doch mal sehen. Glaub, ich ruf mal die Polizei.

Damit werden Sie sich kaum einen Gefallen tun. Hausfriedensbruch, Einbruch, Stromdiebstahl, unbefugtes Auswechseln von Schlössern und noch viel mehr – hier spricht alles nur gegen Sie.

Schweigen. Der getunte Wagen blubberte mit seinen sechs Zylindern wie lauernd tief vor sich hin.

Legen Sie mir Ihren Nutzungs- oder Mietvertrag und den Nachweis Ihrer Mietzahlungen vor, dann können Sie aufs Gelände.

Aber …

Oder Sie rufen für Ihre Rechte die Polizei.

Äh nein, warten Sie … Aber hier war doch nie jemand … Und der Zaun war auch offen, also kaputt, und die Hallen …

Frenzel sah ihn fragend an.

Es hat auch nie jemand was gesagt …

Und deshalb kann man hier einfach so reinkommen und das Gelände in Besitz nehmen?

Der Typ lenkte ein, gab klein bei, Gestik und Mimik waren eindeutig.

Ich mache Ihnen einen Vorschlag.

Ja?

Kein Ärger, keine Anzeige, keine Polizei.

Das geblendete Gesicht im Taschenlampenkegel senkte die Augen.

Ein Deal, einverstanden? Sie kommen morgen um zwölf Uhr vorne ans Haupttor. Ich werde warten. Sie bringen einen Hänger mit, Abschleppwagen und Helfer. Dann holen Sie Ihr Zeug hier ab und lassen sich nie wieder blicken. Okay?

Und dann keine Polizei?

Nicht ganz so schnell, der Deal fehlt noch. Ohne Deal kommt die Polizei. Also: Ich bereite ein Papier vor, das alle Ihre Straftatbestände hier auflistet. Dieses Papier unterschreiben Sie, und es bleibt danach bei mir.

Das ist Erpressung.

Für mich ist es nur eine Sicherheit. Hast du einen Pass dabei? Frenzel wechselte bewusst zum Du. Der Typ war jünger, hatte offensichtlich Migrationshintergrund und war in der Defensive. Das Du vergrößerte die Höhe, von der aus er sprach, machte den anderen kleiner, und Frenzel rückte ihm damit näher auf die Pelle. Reines Machtinstrument. War nicht sein Stil, aber hier angebracht. Auch wenn der Typ ihm sympathisch war, hier ging es nur ums Geschäft.

Der andere nickte.

Gib ihn mir. Nur für ein Foto, kriegst ihn sofort wieder. Muss doch deinen Namen und Adresse in das Papier eintragen.

Der Typ nestelte seinen Ausweis aus der Tasche und steckte

ihn durch den Maschendrahtzaun. »Emre Yüldürük« stand darauf. Deutscher Personalausweis. Frenzel machte ein Foto von Vorder- und Rückseite, reichte ihn zurück.

Das Papier ist dann der Deal?

Nein, das ist die Sicherheit für mich, sagte ich doch. Irgendwann werde ich dich vielleicht brauchen, und dann vielleicht sofort. Um irgendwohin zu fahren, mir irgendwas zu besorgen, etwas zu beobachten, in Erfahrung zu bringen, ein Auto zu reparieren oder präparieren, was weiß ich. Der Deal ist also: Ich brauch dich, ruf dich an, und du bist sofort bereit. Bist du es nicht oder verweigerst du, geht das Papier an die Polizei, verstanden?

Also Erpressung.

Nein, das Papier ist für einen Gefallen. Hast du ihn für mich abgeleistet, ist das Papier deins, und die ganze Sache hier ist aus der Welt. Verstanden?

Verstanden.

Sind deine Eltern aus der Türkei?

Ja, sie sind Kurden.

Die Adresse ist noch aktuell?

Der Typ nickte.

Deine Mobilnummer?

Er sagte sie ihm, Frenzel schnitt sie mit. Okay, also morgen um zwölf. Es tat ihm fast leid, dass er so hart sein musste.

·

Keine Stunde später torkelten zwei etwas zu laute Betrunkene am Zaun entlang, suchten ihren Durchschlupf und schienen nicht zu verstehen, dass es keinen mehr gab.

Beide hielten Bierflaschen in den Händen.

Privatgelände, las der eine im Licht seines Feuerzeugs. Betreten verboten.

Der andere rülpste. Komm, steigen wir übern Zaun.

Frenzel knipste seine Lampe an, leuchtete den beiden ins Gesicht, blendete sie. Zwei gealterte Provinzpunks. Das werdet ihr nicht tun.

Was willst *du* denn?, wurde der eine ansatzlos patzig und punkadäquat aggressiv.

Was wollt *ihr* denn hier drin?, fragte Frenzel zurück.

Die Halle da ist unser Übungsraum.

Euer Übungsraum, aha. Habt ihr dafür einen Vertrag?

Klar.

Mit wem, wenn ich fragen darf?

Mit dem Schrauber aus der Halle dort drüben, dem das Gelände gehört. Mit Emre.

Dem gehört aber das Gelände nicht, er nutzt es wild und widerrechtlich. Was zahlt ihr ihm denn?

Hundert im Monat.

Tja, Pech gehabt, das Geld ist dann wohl weg.

Die zwei schienen fast wieder nüchtern. Und jetzt? Was ist jetzt mit unserer Anlage und den Instrumenten?

Passt auf. Herr Yüldürük kommt morgen um zwölf, um seine Halle hier auszuräumen. Kommt auch um zwölf und holt euer Zeug hier weg. So, und jetzt Abgang.

Die beiden Alt-Punks waren längst handzahm und trollten sich murrend.

Frenzel setzte sich zurück in seinen Stuhl und wurde wieder eins mit der Nacht. Bis zum ersten Morgenlicht kam niemand mehr, und mit der Dämmerung ging Frenzel schließlich hinein, legte sich auf dem Sofa unten aufs Ohr. Er brauchte nicht viel Schlaf, mehr als drei Stunden schlief er schon seit Jahren nicht mehr. Er konnte nicht.

Pünktlich um zwölf war Emre Yüldürük am nächsten Tag da. Mit einem riesigen Kastenanhänger, Doppelachser. Am Nachmittag kam auch der Abschleppwagen. Die beiden Punks trafen erst weit nach eins ein und fingen sofort mit Emre Yüldürük zu streiten an. Frenzel mischte sich nicht ein.

Und was ist in der dritten Halle? Fragte Frenzel irgendwann. Die Punks zuckten mit den Schultern, Emre Yüldürük tat, als ginge ihn die Frage nichts an. Irgendwann zog Frenzel Yüldürüks Schlüsselbund von der Hallentür ab und probierte die Schlüssel an Halle drei. Einer sperrte.

Ist das hier auch von dir?

Emre Yüldürük druckste, nickte.

Frenzel fotografierte. Dann wirst du mir einen zweiten Zettel unterschreiben müssen.

Der gleiche Deal, keine Polizei?

Du weißt doch, ich mag die nicht. Frenzel schätzte das, was er da sah, auf mehrere Jahre Knast. Im hinteren Teil der Halle stapelten sich zahlreiche große und kleine Kartons, so wie es aussah, originalverpackte Ware. Zwei, drei Fernseher und Computer, ein paar Laptops, Handys, Drohnen. Diebesgut oder Hehlerware von irgendwoher, vermutete er.

•

Emre Yüldürük musste mit seinen Helfern insgesamt dreimal fahren, dann hatte er sein Zeug draußen. Inzwischen war es weit nach zwanzig Uhr. Bevor er mit seiner letzten Fuhre vom Gelände rauschte, ließ sich Frenzel die beiden Papiere unterschreiben und sperrte ab. Oben am Fenster stand Gabi und deutete mit erhobenem Daumen Zufriedenheit an.

Frenzel fühlte sich schon wohl hier. Er war auf sicherem Terrain, umgeben von einem hohen Zaun und irgendwie unter dem Schutz von Gabi.

•

Drei Wochen wohnte er jetzt schon in der alten *Gusa*, und vier-
oder fünfmal war er bereits im *Gadda da Vida* gewesen. Auch dort
gefiel es ihm sehr gut. Als er heute dort eintraf, war es kurz nach
halb zehn und noch nicht sehr voll. Frenzel orderte sein Wasser mit
Zitrone und setzte sich wieder an den Tisch gleich neben dem Eingang. Der eine oder andere nickte ihm inzwischen schon zu, wenn
er hereinkam. Nach seinen regelmäßigen Besuchen gehörte er für
manchen wohl schon dazu. Langsam füllte sich das Lokal, und er
lauschte Frank Zappas *Bobby Brown*, das aus den Boxen strömte.
Oh God, Oh God, I'm so fantastic. Er fühlte sich einfach gut. In der
Gusa, im *Gadda*, in der Stadt.

Inzwischen wusste er auch, wie die Hocker am Tresen belegt
waren. Ganz links saß einer, den sie Thorsten nannten, der nächste Platz war frei, dann folgte Leo, der Korpulente und Lockige,
der immer las, der Platz daneben war von Karlheinz besetzt, den
sie nur Kalle nannten, ein großer, schlanker Schweiger, dann kam
ein weiterer freier Hocker, und rechts außen saß immer Charly
mit breitem Kreuz und Sauerkrauthaarkranz, dessen letzte Fran-
sen er manchmal zum Pferdeschwanzzitat zusammengummite.
Nur Thorsten ganz links und Charly ganz rechts sprachen öfter
mit Nick, dem Mann hinter der Bar, doch niemals miteinander,
die anderen schwiegen, manchmal stundenlang.

•

Entschuldigen Sie.
  Ja?
  Ist der Tisch vielleicht noch frei?
  Jetzt erst fiel ihm auf, dass er allein am letzten noch freien Tisch
saß, das *Gadda da Vida* hatte sich gut gefüllt.

50

Klar doch, selbstverständlich. Er rutschte ein wenig auf die Seite.

Aber wir sind zu sechst.

Kein Problem, hier ist doch Platz genug.

Eine Gruppe junger Leute setzte sich mit an den Tisch und führte ihr Gespräch, das vorher im Stehen begonnen hatte, nahtlos fort. Frenzel, ob er wollte oder nicht, war sehr schnell im Bild. Der Vater einer der jungen Frauen am Tisch, sie hieß Waltraut, ihre Freunde nannten sie Walli, war vor wenigen Wochen gestorben. Herzinfarkt. Ihre Mutter, noch keine sechzig, hatte zwar einen Führerschein, ihn aber schon mit achtzehn gemacht und seither keinerlei Fahrerfahrung. Jetzt hatte sie Fahrstunden nehmen wollen, um mit dem Mercedes des Vaters die Straßen unsicher zu machen – wo sie doch schon immer so schusselig war. Da hatte die Tochter ihr das ausgeredet und den Benz verkauft. Mit dem Geld kannst du bis an dein Lebensende Taxi fahren, hatte sie der Mutter gesagt.

Und?

Ich hab's gemacht, wie es empfohlen wird: Standardvertrag vom ADAC. Gekauft wie gesehen und Probe gefahren. Kann eigentlich nichts schiefgehen, hab ich mir gedacht.

Aber?

Der Typ zahlt in bar ohne zu handeln, immerhin fünfzehntausendfünfhundert Euro, nimmt alles mit, Scheckheft der Vertragswerkstatt, Rechnungsordner mit sämtlichen Rechnungen von Reparaturen, TÜV und so, fährt mit dem Auto weg – und ruft schon ne halbe Stunde später an, mit dem Auto stimmt was nicht, die Bremsen. Ich sag ihm, das kann nicht sein, die wurden erst vor nem halben Jahr gemacht, komplett, die Rechnung dazu ist im Ordner.

Darauf er: Hier haben Sie eine Kontonummer, überweisen Sie bis morgen fünfhundert Euro zurück, sonst muss ich zum Anwalt. Ich lass mich nicht betrügen.

Ich: Nee, schauen Sie sich den Vertrag an. Meine Mutter aber: Doch, ich zahl ihm das, sonst wird das nur noch teurer. Und überweist das Geld.

Drei, vier Tage später kommt ein Schreiben eines Anwalts aus der Münchener Gegend. Mängelliste des Fahrzeugs, Vorwurf des Betrugs und der arglistigen Täuschung, Forderung von weiteren dreitausendfünfhundert Euro, alternativ eine Anzeige. Und ich schwör euch, an dem Wagen war nichts. Aber ich hab keinen Rechtsschutz. Wenn ich jetzt zum Anwalt gehe, wird's teuer.

Kopfschütteln am Tisch.

Schuldigung, klinkte sich Frenzel ein, ich hab das grad alles mitgehört. Darf ich da was zu sagen?

Die sechs schauten ihn an, auf seine Tattoos, seine Oberarme, und wirkten skeptisch.

Ich glaub, ich kenn diese Art Brüder, sagte er. Doch erst mal etwas anderes. Er fragte die Daten des Benz ab, Laufleistung, Baujahr, Farbe, Extras etc. und gab sie ins Smartphone ein. Vier Wagen erschienen zur Auswahl. Ist der deines Vaters dabei? Gab Waltraut das Handy.

Sie scrollte die Wagen durch, sah sich die einzelnen Fotos an. Ja, der. Sie gab ihm das Handy zurück.

Bist du dir sicher?

Ja, wegen dem Aufkleber hier, schau. Sie deutete auf die Heckabbildung eines der Benze. Er hatte die Indianerfeder hinten drauf und das kleine Rotkehlchen, Papas Lieblingsvogel.

Frenzel sah sich das Angebot an. Benz erste Hand, scheckheftgepflegt, TÜV neu, keinerlei Mängel, siebzehntausendfünfhundert Euro. »Vom Opa«, stand noch dabei.

Schaut euch das an. Er zahlt fünfzehn fünf, fordert erst fünfhundert und dann noch mal drei fünf zurück und verkauft die Karre für zwei mehr als eingekauft, Qualitätssiegel »vom Opa«. Er reicht den Wagen durch und macht damit sechstausend.

Sie sah ihn an, schüttelte den Kopf. So eine Frechheit!

Das ist es, ja. Und kriminell. Weil er dir gegenüber Schäden vortäuscht, die der Wagen nicht hat. Und Geld dafür will.

Und jetzt?

Brauchst du einen Anwalt. Aber es gibt noch einen anderen Weg.

Die sechs schauten ihn neugierig an.

Ich könnte mal nach München fahren und mir den Anwalt, der dir geschrieben hat, vorknöpfen, denn ohne den funktioniert die Masche nicht. Der macht sich, so wie das hier aussieht, gemein mit bandenmäßigem Betrug, denn schau, dieser »Händler« hat aktuell fünf Karossen im Angebot. Mit denen er, was wetten wir, genauso … Aber das muss ich vorher noch recherchieren.

Er reichte ihr sein Handy, zeigte, was er gefunden hatte.

Das ist ja unglaublich.

Unglaublich? Nee, es gibt solche, das weiß ich. Ich kenne diese Masche schon.

Walli sah ihn an. Wenn du wirklich da runterfährst und mit dem sprichst – was kostet mich das?

Frenzel musste lachen. Nichts.

Wie nichts?

Ich hasse solche Arschlöcher, und sie zu stellen macht mir Spaß. Ich fahr nur in die Kanzlei, sag ganz freundlich, was Sache ist, dass ich ihm das Handwerk lege, wenn er seine kriminellen Touren weiterfährt, und dass er seine »Geschäftsbeziehung« mit diesem Typen besser heute als morgen beendet.

Und das würdest du machen? Einfach so?

Einfach so.

Darf ich dir dann wenigstens ein Bier spendieren?

Danke, ich trink nur Wasser.

Sie sah ihn an. Warum?

Alk macht mich aggressiv, und das will ich nicht. War ich lange genug.

Sie sah auf seine Tattoos und schien zu verstehen – irgendwie zumindest.

•

Den nächsten Vormittag verbrachte er recherchierend im Internet, am späteren Nachmittag holte er sich bei Sixt einen 5er-BMW und bretterte damit in Richtung München.

Das Navi lotste ihn direkt auf den Parkplatz vor der Kanzlei. Neufahrn bei Freising, irgendwo inmitten eines der vielen Industrie- und Gewerbegebiete, die hier krebsgeschwürartig überall aus dem Boden wuchsen, seit es den neuen Flughafen gab. Zweckgebäude nach Schema F, Fertigteilneubau, die Führungen für die Rollos links und rechts der Fenster schon waghalsiges Designelement. Hier waren sie blau, beim Nachbargebäude rot. Er parkte neben einem nagelneuen dunkelblauen 7er-BMW, der hier Eindruck schinden und Erfolg demonstrieren sollte. Es war nach achtzehn Uhr, kein weiterer Wagen da, also war das sicher der Wagen des Rechtsanwaltes. »Pongratz und Partner, Rechtsanwälte« stand eingraviert auf einem glänzenden Messingschild.

Frenzel trat ein, die Tür war nicht verschlossen. Das Vorzimmer verlassen, keine Dame mehr da, Frenzel hatte richtig spekuliert. Ohne zu klopfen betrat er den angrenzenden Raum.

Herr Pongratz?

Der Anwalt zog sich gerade das Jackett über, wollte wohl Feierabend machen. Ja? Womit kann ich dienen?

Setzen Sie sich.

Der Anwalt war irritiert, taxierte Frenzel misstrauisch. Ich weiß nicht … Wer sind Sie? Was wollen Sie von mir? Er versuchte sichtlich, wieder Oberhand über die Situation zu gewinnen, die ihm gerade entglitt. Der massige, muskulöse Körper, die verschmierten Tattoos, die dicken Ringe, das ganze Auftreten seines Besuchers. Er startete einen letzten Versuch und sah demonstrativ auf die Uhr. Es tut mir leid, aber ich muss sofort weg, habe extern Termine.

Setzen Sie sich, wiederholte Frenzel kalt, zog sich einen Stuhl heran und nahm am Schreibtisch Platz. Schlug sein Notizbuch auf.

Ali Ismailow. Sven Mühlhaupt, 5er-BMW. Anna Locario, Mercedes 230. Ferdinand Garesl, Kia Outranger. Halvor Belotte, Volvo. Karin Kerstenstett, Jeep. Lotte Chrustlow, 7er-BMW.

Pongratz sah ihn an. Was soll das?

Sie kennen diese Namen?

Pongratz schüttelte den Kopf. Herr Ismailow ist einer meiner Klienten.

Ich habe noch acht weitere Namen und Fahrzeuge – nach nur zwei Stunden Recherche.

Pongratz wurde langsam unruhig, erhob sich erneut.

Setzen Sie sich.

Was wollen Sie von mir?

Ihnen das Handwerk legen.

Hören Sie …

Nein, jetzt hören Sie, und zwar mir, sehr gut zu!, wurde Frenzel etwas lauter. Ihr »Klient« Herr Ismailow kauft, und das wissen Sie genau, bundesweit hochwertige Fahrzeuge von privat zum Listenpreis. Er zahlt in bar …

Was nicht verboten ist.

… und regelmäßig schon auf der Überführungsfahrt treten erstaunlicherweise irgendwelche Mängel auf. Obwohl sämtliche Fahrzeuge scheckheftgepflegt sind. Ismailow ruft die Verkäufer, meist noch von unterwegs aus, an und fordert vierhundert bis sechshundert Euro zurück. Worauf die Verkäufer, weil irritiert, in der Regel eingehen. Doch komisch: Kaum am Zielort angekommen, stellt eine dubiose Werkstatt weitere umfangreiche Mängel fest. Die Verkäufer bekommen Post von einer Kanzlei Pongratz, die ihnen Betrug und arglistige Täuschung vorwirft. Gleichzeitig aber kann man die Fahrzeuge, von Ismailow ins Netz gestellt, als »scheckheftgepflegt«, »Gelegenheit« und »vom Opa« mit geringerer Kilometerleistung, dafür aber über Listenpreis »VB« finden. Was hier stattfindet …

Hören Sie …

JETZT REDE ICH! Frenzel schlug mit der flachen Hand auf den Tisch. Was hier stattfindet, erfüllt lupenrein den Tatbestand organisierter Kriminalität und ist bandenmäßiger Betrug. Sie werden keinen Richter finden, der das anders bewerten wird. Ich habe die genannten und etliche weitere Fälle heute Vormittag fein säuberlich recherchiert und dokumentiert. Sie werden jetzt Ismailow anrufen und das Mandat niederlegen, da Ihnen ansonsten Berufsverbot droht. Und ihm klarmachen, dass er, sollte er dieses »Geschäftsmodell« weiterverfolgen und die Leute betrügen, sehr schnell die Polizei auf dem Hof haben wird. Dann wird es ungemütlich.

Aber …

Es funktionierte. Pongratz rief Ismailow an. Frenzel stellte während des Telefonats auf laut, schnitt mit dem Handy mit.

Ich behalte Sie im Auge, verabschiedete er sich anschließend. Ich habe genügend Beweise, um Sie hochgehen zu lassen. Also machen Sie keine Dummheiten. Trotzdem: Ich werde Sie nicht anzeigen. Aber ich habe dafür einen Gefallen bei Ihnen gut. Kann sein, dass ich Sie in den nächsten Jahren einmal brauche. Sie hören dann von mir. Damit erhob er sich grußlos und verließ die Kanzlei. Das Wir-sprechen-uns-noch!, das Pongratz ihm als Drohung hinterherrief, hatte er gerade noch gehört. Er schenkte ihm keine Bedeutung.

Frenzel trat hinaus in die schöne Gewerbegebietsabendstimmung, startete seinen Wagen und lenkte ihn vier Planquadratstraßenzüge weiter zu »Ismailow. Hochwertige Gebrauchtwagen mit Garantie«. Das Tor stand offen.

•

Frenzel parkte seinen Wagen neben dem Eingangstor und ging hinein, flanierte an den wie mit dem Lineal ausgerichteten glänzenden Karossen entlang. Als ob er einen Wagen für sich suchte.

Kann ich Ihnen helfen?

Im Moment noch nicht, aber vielleicht gleich. Ich sehe mich erst einmal um. Scheinen ja wirklich gute Wagen zu sein, die Sie hier haben.

Frenzel hatte sich den Typen nur kurz angesehen. Hatten früher die windigen Schrauber und Gebrauchtwagenhändler Monturen getragen, ölige Finger gehabt und ausgesehen, als könne man mit ihnen streiten oder grob werden, auch körperlich, war die heutige Generation anders. Der Typ hier trug ein gestärktes, blütenweißes, fast hellblau wirkendes Maßhemd mit Manschettenknöpfen, eine viel zu enge, viel zu kurze »lange« Hose, dazu ein enges und viel zu kurzes Sakko sowie gegelte pechschwarze Haare. Frenzel schlenderte interessiert die Reihe der Wagen entlang. Bei einem hellen Benz blieb er stehen. 98.000 km, informierte das Schild hinter der Scheibe, 1. Hand, scheckheftgepflegt, 17.500,–.

Sehr schönes Fahrzeug.

Ja, »vom Opa«, sag ich immer. Hat ein älterer Herr gefahren und immer alles machen lassen, der Wagen steht da wie neu.

Frenzel ging um das Auto herum. Es war der Wagen, eindeutig: Auf dem Heck hinten ganz klein der Aufkleber mit dem Rotkehlchen und der Feder. Und die Bremsen sind okay?

Bremsen? Denen fehlt nichts, wurden erst vor einem halben Jahr komplett erneuert. Vertragswerkstatt.

Sehr schön. Und das Radlager vorne, die Auspuffaufhängung, die Dichtung der Wasserpumpe, Keilriemen und Steuerkette? Das waren die Mängel, mit denen der Anwalt seinen Betrugsvorwurf begründet hatte.

Ismailow war längst stutzig geworden. Sein Blick verengte sich. Ich würde sagen, Sie verlassen umgehend das Gelände.

Nein, Herr Ismailow, wir reden kurz miteinander. Ich habe ein wenig recherchiert. Die Masche, die Sie hier fahren, mit allen Ihren Autos, erfüllt den Tatbestand organisierten Betrugs und die Zusammenarbeit mit Rechtsanwalt Pongratz den der Bandenkriminalität. Ich habe eine ganze Menge Beweise gesammelt und auch mit ehemaligen »Kunden« von Ihnen gesprochen. Bei Pongratz war ich schon, Sie haben ja vorhin mit ihm telefoniert.

Verlassen Sie auf der Stelle das Gelände. Er machte einen Schritt auf Frenzel zu, der aber wich nicht zurück. Ismailow zückte sein Handy.

Sie haben die Wahl, Herr Ismailow. Entweder Sie hören mir zu, oder die Polizei steht in fünf Minuten auf dem Hof.

Was wollen Sie?

Ganz einfach: Sie geben mir die fünfhundert Euro, um die Sie die Frau mit diesem Benz betrogen haben, und lassen sie ab sofort mit Ihren Forderungen in Ruhe, dann bleibt die Schmiere aus dem Spiel, und Sie sehen mich nie wieder. Oder ich informiere noch heute die Polizei und übergebe mein Beweismaterial.

Der Gegelte hatte die Augen zusammengekniffen und überlegte kurz, dann zückte er seinen Geldbeutel.

Warten Sie, wehrte Frenzel ab, eins noch. Der Deal dafür, dass ich nicht zur Polizei gehe, ist folgender: Wenn ich Sie in den nächsten zwei, drei Jahren einmal brauche, muss ein Anruf genügen, und Sie helfen mir. Nichts Kriminelles, versprochen, aber schnelle Hilfe. Eine Fahrt, ein paar Anrufe, ich weiß es nicht, aber damit sind Sie safe. Endgültig.

Und dann keine Polizei?

Keine Polizei.

Ismailow zählte von einem Bündel Geldscheine, das er aus seiner Hosentasche zog, fünfhundert ab und gab sie ihm. Frenzel tippte sich an die Stirn, nahm das Geld, steckte es ein und verließ den Hof.

●

Als er am Abend ins *Gadda da Vida* kam, rockte Stephen Stills gerade mit Manassas den *Song of Love* aus den Boxen. *You know the song of love, It's empty now, As it always seems to have been.* Walli und ihre Freunde saßen wie erwartet am ersten Tisch und schienen auf ihn zu warten. Und?

Frenzel ließ sich am Tresen sein Wasser mit Zitrone geben, er musste schon gar nicht mehr bestellen, setzte sich an den Tisch und schob Walli das Kuvert mit den fünfhundert Euro zu.

Wahnsinn. Du hast tatsächlich …?

●

Irgendwann später, Frenzel hatte sich gerade sein drittes Wasser geholt, beugte sich Walli zu ihm herüber: Darf ich dich mal was fragen? Ist aber etwas Privates.

Nur zu.

Sie druckste noch ein wenig herum. Sag mal, fasste sie dann Mut, du lebst doch alleine, oder?

Ja?

Warum hat ein Mann wie du eigentlich keine Frau? Oder Freundin?

Mit dieser Frage hatte er nicht gerechnet. Keine Ahnung, was er darauf antworten sollte, es war halt so. Schließlich sagte er: Na ja, vielleicht liegt es daran, dass der Typ Lino Ventura grad nicht so gefragt ist.

Lino Ventura? Den Namen hatte sie noch nie gehört.

Da konnte er ihr auch nicht helfen.

•

Gegen halb eins verließ er das *Gadda da Vida*, aber nicht direkt in Richtung *Gusa*. Er ging drei Straßenzüge weiter, wo ein Weg über eine Brücke hinaus in die Flussauen führte. Er brauchte noch eine Stunde Ruhe draußen. Setzte sich abseits des Weges an einen Baum und dachte nichts. Sah und lauschte nur hinaus in die Nacht. Ein paarmal kam ein Biber das Ufer empor und suchte nach passenden Bäumen oder Trieben, doch verschwand er immer wieder zügig im Wasser. Irgendwo hoch droben im Dunkel des Nachthimmels zogen zu ihren Flügelschlägen krächzend Vögel vorbei, alle in dieselbe Richtung.

•

Und dann, am Morgen gegen zehn, standen vorschriftsmäßig bemützt die zwei Polizisten bei ihm vor der Tür. Fragten, ob er etwas gesehen habe.

Hatte er nicht, und für die schon gleich gar nicht.

•

Ein Jugendlicher hatte offenbar versucht, sich aus einem Altkleidercontainer Klamotten zu angeln. Der Container stand, zusammen mit Altglascontainern, nur einen Straßenzug von der *Gusa* entfernt. Deshalb hatte die Schmiere hier nachgefragt. Das erfuhr er von Gabi, als er gegen Mittag auf den Hof trat. Der Jugendliche hatte wohl den Klappmechanismus des Containers unterschätzt. Eine Todesfalle. Denn versucht man, über die Klappe in den Container zu gelangen, kommt irgendwann der Kipppunkt der Lade, sie klappt wieder zurück, klemmt einen ein, und man hat keine Chance mehr, kann sich nicht mehr allein befreien, ist kopfüber eingeklemmt,

60

kriegt kaum mehr Luft und erstickt. Und die letzten Schreie, die man vielleicht noch ausstoßen kann, bis einem dann die Luft wegbleibt, werden durch die Containerwand und die Klamotten gedämpft. Ist dann nicht zufällig jemand in der Nähe, war's das. So auch hier. Man hatte den Jugendlichen nur noch tot bergen können.

•

Bis zum nächsten Tag hatte die Polizei die Identität des Toten geklärt, das erfuhr Frenzel aus dem »Bericht der Polizei« der regionalen Zeitung, den ihm Gabi brachte: Bei dem Erstickten handelte es sich um einen jugendlichen Regensburger, der mit seiner Mutter seinen hier im Ort lebenden Vater besuchen wollte. Er habe offenbar nachts ohne ihr Wissen das Hotel verlassen. Was er in dem Container suchte, sei unklar, weder Vater noch Mutter hätten dafür eine Erklärung.

In einem gesonderten Artikel bot die Zeitung noch allgemeine Infos. Diese Container seien bekanntermaßen tückisch, es gebe mehrere Tote jedes Jahr allein in Deutschland, verursacht durch den speziellen Mechanismus der Einwurfklappen. Man habe zwar längst überall große Aufkleber mit »Lebensgefahr« angebracht und mit der Information, dass es unter Strafe verboten sei, Kleidung aus den Containern zu entwenden, doch helfe das nicht viel. Immer wieder würden Menschen versuchen, in die Container zu gelangen. Die Not sei bei vielen sehr groß – und gerade die, bei denen die Not am größten sei, könnten die Warnhinweise wahrscheinlich häufig nicht lesen.

•

Frenzel traf Nick, der auf dem Markt fürs *Gadda da Vida* einkaufte.

Hast du von dem Jungen gehört, der im Container erstickt ist?

Ja, hab ich in der Zeitung gelesen.

Weißt du, wer der ist?

Keine Ahnung, nein.

Der Sohn von Charly – Charly, der immer ganz rechts am Tresen sitzt, weißt schon.

Der am fünften oder sechsten Hocker?

Genau der. Er war früher mal mit Ingrid verheiratet, die wirst du nicht kennen, lebt in Regensburg mit dem gemeinsamen Sohn. Jimmy Dean. Lebte.

Scheiße.

•

Der Tag zerfällt in viele Teile, jeder Augenblick ein kleiner Sieg, die Dunkelheit kommt näher, ich sehe keinen Weg … Als Frenzel am Abend ins *Gadda da Vida* kam, spielte Nick gerade Udo Lindenbergs *Süßes Leben* auf. Das Lied berührte ihn. Irgendwo hatte er einmal auf einem Zettel vermerkt, dass man es auf seiner Beerdigung spielen solle. Doch wo der Zettel war und wer den dann lesen und gar befolgen sollte, wusste er nicht.

Charly saß allein am Tresen und starrte in sein Glas. Von den anderen war keiner da. Frenzel wartete auf sein Wasser und legte Charly kurz die Hand auf die Schulter. Mein Beileid. Was sollte er auch sagen. Kaum eine Reaktion. Charly erschien ihm abgrundtief leer.

Frenzel setzte sich an den Tisch gleich neben dem Eingang, inzwischen schon »sein« Platz. Beobachtete Charly, wie er zusammengesunken am Tresen saß und nur hin und wieder zum Rauchen hinausging.

Gäste kamen und gingen, Charly blieb allein. Als Frenzel das *Gadda da Vida* verließ, stand Charly gerade mit Hanno, Wallis Freund, vor der Tür und rauchte. Charly nickte ihm zu.

Leise begann es zu regnen.

•

Die letzte Beerdigung, auf der er gewesen war, lag vier Jahre zurück. War eine Knastfreundschaft gewesen, die er in die Grube begleitet hatte. Urnenbegräbnis. Dietmar. Ja, so was gab's auch. Dass man im Knast Freundschaften schloss, man dort nette Kerle kennenlernte, die einem ans Herz wuchsen. Dietmar war damals nur gestorben, weil er sich nicht hatte operieren lassen. Kehlkopfkrebs. Ein Mannsbild wie ein Schrank, aber gnadenlose Manschetten vor den Ärzten. Frenzel hatte ihn an einem Vormittag ins Krankenhaus gefahren, wo Dietmar einen Termin hatte. Für seine OP. Am Abend aber bekam er schon eine SMS: »Bin wieder daheim. Bin abgehauen. Ist nichts für mich.« Ein Jahr später war Dietmar tot.

Am Tag vor seinem Tod hatte er ihn noch mal besucht. Da hatte Dietmar ihn zu sich gewinkt und gesagt, dass er Waffen besitze und wo er sie aufbewahre. Und dass er, Frenzel, sich darum kümmern solle, damit seine Karin keine Probleme bekäme. Sie weiß nichts davon, hatte er gesagt. Doch wie hätte Frenzel die Waffen ordnungsgemäß entsorgen sollen? Zur Polizei bringen? Als Vorbestrafter, als ehemaliger Knasti? Also hatte er die Waffen gepackt, ein Anschütz-Jagdgewehr, einen Perfecta-Trommelrevolver und eine italienische Umarex Python, hatte sie in geölte Lappen gewickelt, in Wachspapier geschlagen, in einer kleinen Tonne verstaut und schließlich samt fast einhundert Schuss Munition vergraben.

Irgendwo. Aber sich die Stelle gemerkt.

Nein, hatte Dietmar ohne zu überlegen mit fester Stimme gesagt, als Frenzel ihn gefragt hatte, ob er Angst vor dem Tod habe. Da hatte Dietmar schon zwei Tage nichts mehr getrunken. Am dritten Tag ohne Flüssigkeit dann hatte er die Ufer gewechselt, einfach so. Mit sechsundsiebzig Jahren.

Und jetzt war Frenzel wieder bei einer Beerdigung. Warum eigentlich? Er kannte weder den Jugendlichen noch dessen Mutter.

Es war aber auch nur eine Handvoll Leute da, ein paar davon aus dem *Gadda*. Irgendwie machte er es für Charly, der ihm leidtat.

Frenzel hielt sich abseits, bis die paar Trauergäste in der Aussegnungshalle waren. Dann erst kam er näher, setzte sich an die Rückwand des Häuschens und lauschte den Worten aus dem Inneren, die in moderater Lautstärke nach draußen übertragen wurden. Tragische Nacht. Die Zukunft noch vor sich. Liebende Eltern. Jäh aus dem Leben gerissen. Aber auch eine schwierige Jugend, psychisch nicht stabil. Die falschen Freunde, schiefe Bahn, auch Drogen. Hilfe nicht angenommen. Die Wege des Herrn sind unergründlich. Aber alles hat seinen Sinn, auch wenn man ihn oft nicht sofort zu erkennen vermag. Die Liebe des Herrn ist überall. Das übliche Gesalbte. Jimmy Dean war offenbar ein schwieriges Kind gewesen, hatte dazu vielleicht auch Pech mit den Eltern gehabt, Frenzel wusste nichts darüber. Aber schwierige Kinder werden den Eltern – wegen denen sie oft erst schwierig werden – manchmal zu viel und dann lästig. Und dann – oder deshalb? – noch schwieriger. Diese Logik war ihm bekannt.

Er erhob sich und schlenderte hinüber auf die kleine Anhöhe am Rand des Friedhofs. Beobachtete die zehn, zwölf Personen des Trauerzugs, die aus der Halle kamen und den Sarg begleiteten. Die Eltern, Ingrid – das musste sie sein – und Charly, gingen nicht nebeneinander, hielten Distanz. Demonstrativ, wie es Frenzel empfand. Ingrid ging eingehakt zwischen Walli und Hanno, wurde von beiden gestützt. Sie schienen sich nahezustehen.

●

Eigenartige Gesellschaft, oder?

Frenzel fuhr herum. Thorsten, der im *Gadda* vorne links am Tresen seinen Stammplatz hatte, stand hinter ihm. Frenzel hatte ihn nicht kommen hören. Ja, schon eigenartig.

Thorsten bot ihm die Hand. Kommst du auf einen Sprung mit ins *Parkcafé*? Und ... ist es okay, wenn ich dich duze?

Frenzel nickte. Klar. Geht dort auch die Gesellschaft hin?

Gott bewahre!

Sie verließen den Friedhof am oberen Tor, betraten gegenüber den Park und gingen hinunter zum Ufer ins *Parkcafé*.

●

Schlimm, wenn man sein Kind verliert.

Frenzel nickte. Dachte unwillkürlich an die Eltern des Jungen, den er auf dem Gewissen hatte. War nicht wiedergutzumachen.

Weiß allerdings nicht, wie schlimm es für Charly wirklich ist. Für Ingrid ist es viel schlimmer.

Frenzel sah Thorsten fragend an.

Hast doch sicher gesehen, wie sie leidet. Für Ingrid war Jimmy ein Wunschkind, Charly selbst wollte nie Kinder. Aber ... ist kein Thema für jetzt.

Frenzel sah in sein Wasser. Was sollte er darauf sagen.

Kann ich dir bei Gelegenheit ja mal mehr erzählen, wenn's dich interessiert.

Kennst du Charly wohl besser?

Kann man so sagen, ja. Vor allem schon ewig, dreißig Jahre bestimmt. Wir haben zusammen studiert, sogar ein paar Jahre zusammen gewohnt. Na ja, ist alles schon lange her.

Ihr seid also nicht mehr befreundet?

Thorsten schüttelte den Kopf. Das kann man so nicht sagen, nein, wir sind schon noch Freunde. Aber vielleicht nicht mehr so eng. Man entwickelt sich eben ... lebt sein eigenes Leben ... lebt sich auseinander, hat sich nicht mehr so viel zu sagen. Er machte eine Pause, sah zum Fenster hinaus. Es gab keinen Streit oder so, wenn du das meinst, aber ... na ja ...

Komisches Gespräch, dachte sich Frenzel. Will er mir etwas sagen? Aber was? Und warum? Und warum tut er es dann nicht?

Frenzel fühlte sich nicht wohl. Er erhob sich, legte einen Fünfer auf den Tisch, nickte entschuldigend und hob die Hand. Sorry, ich muss leider weg.

Er verließ das Café und trat hinaus in den leise und gleichmäßig, fast friedlich fallenden Regen.

•

Am Abend ging er nicht ins *Gadda*, blieb daheim. Der Regen hatte sich verzogen. Kurz vorm Untergang tauchte die Sonne noch einmal auf, dicht über dem Horizont, und flutete goldenes Licht. Frenzel zog sich zurück auf seinen Stuhl zwischen den Büschen, lauschte den letzten Tropfen, die durchs Laub ihren Weg nach unten suchten. Dachte an Thorsten und Charly und Jimmy, ließ die Dämmerung kommen. Was hatte Thorsten ihm erzählen wollen? Eigentlich wollte er es gar nicht wissen. Besser, er hielt sich davon fern.

Draußen fuhr aufreizend langsam ein fetter Benz vorbei. Hinter den getönten, halb heruntergelassenen Scheiben zwei junge Typen, Style erfolgreiche Geschäftsleute. Aber Bübchen. Knallweiße, gestärkte Hemden, Manschettenknöpfe in Gold, tiefschwarzes, gegeltes Haar, Armbanduhren wie Untertassen. Sie inspizierten ohne jede Zurückhaltung das Gelände, griffen es mit ihren Blicken ab, Frenzel aber hatten sie offenbar nicht entdeckt. Langsam verschwand der Wagen wieder ums Eck.

•

Das Restlicht des Tages produzierte noch letzte Farben, da machte sein Herz plötzlich einen Sprung. Er wusste genau, dass diese Begegnung nur Ungemach bringen würde, aber er freute sich trotzdem, ehrlich und ganz tief von innen heraus.

Der Grund: Peer Strand. Oder erst mal nur eine ziemlich besoffene Gestalt mit langen, wallenden Haaren, die sich draußen am Zaun zu schaffen machte, einen Durchschlupf suchte, wo es keinen mehr gab. Und die im Selbstgespräch wirr vor sich hin brabbelte. Hey Alter, das gibt's doch nicht, bin ich jetzt völlig neben der Spur? Leck mich doch jetzt, hier ging's doch immer rein?

Eine gut gebaute und, verdammt noch mal, ziemlich gut aussehende Gestalt krallte sich mit den Fingern in die Maschen des Zauns, um vor lauter Schwanken nicht zu fallen, und sah mit glasigen Augen in die Welt.

Peer!

Ein Ruck durchfuhr die Gestalt, verwirrt leere Blicke versuchten, Kontrolle über die Außenwelt zu gewinnen und den Ursprung der Stimme zu erpeilen. Aber glitt an der Wirklichkeit ab.

Peer!

Was isn, jetzt sag's doch schon!

Frenzel machte sich den Spaß und ließ ihn noch ein wenig schmoren. Er kannte Peer aus dem Knast. Unglaublich lieb, aber auch unglaublich naiv und dumm. Ein guter, nein, sehr guter Schrauber, früher sogar mit eigener Werkstatt. Nur brauchte er immer mehr zum Leben, als die Werkstatt abwarf. Viel mehr. So kam er eines Tages auf die glorreiche Idee, einen nicht allzu billigen Neuwagen, den er zum Kundendienst auf dem Hof hatte, auf die Seite zu bringen. Plötzlich war der Wagen nicht mehr da.

Scheiße, den hat jemand geklaut! Aber das gibt es doch gar nicht, so am helllichten Tag und mitten vom Hof! Hat denn keiner etwas gesehen?

Hatte keiner, aber der Wagen war weg. Also die Polizei. Angerufen, auf den Hof geholt, Sachlage geschildert, sie sollten das zu Protokoll nehmen, damit er etwas habe für die Versicherung. Das ging doch nicht, dass der nagelneue Wagen des Nachbarn einfach so … Das war doch ein Fall für die Versicherung.

Doch die Bullen waren nicht gewillt, die Angaben einfach so zu übernehmen. Schauten erst einmal in die diversen Garagen auf dem Gelände, in denen Peer Werkzeuge und Ersatzteile aufbewahrte – und siehe da: Da stand ja der gestohlene Wagen! War zwar ne Decke drübergeworfen, aber er war's.

Also Versicherungsbetrug. Peer wurde verknackt. Bewährung.

Das Geld aber war natürlich immer noch zu knapp, auch fehlte jetzt der einkalkulierte Betrag von der Versicherung, der längst verballert war. Was also tun? Peer setzte sich aufs Rad, fuhr in den Nachbarort, zog sich eine Wollmütze über die Augen, die aber die Haare in voller Pracht sehen ließ, lehnte das Rad an die Wand der Sparkasse, hielt den Angestellten eine Knarrenattrappe unter die Nase und erbeutete knapp fünftausend Euro.

Aber Herr Strand, das können Sie doch nicht machen, überlegen Sie sich das noch einmal!, versuchte es die Bankangestellte, die ihn natürlich erkannt hatte. Das ist es doch nicht wert, Sie machen sich doch Ihr ganzes Leben kaputt.

Peer aber sah nur das Geld, schwang sich aufs Rad und fuhr bis zum Taxistand. Ließ sich direkt zum Bordell chauffieren. Wo sie ihn keine halbe Stunde später von einer Dame herunter verhafteten. Ergebnis: fünfeinhalb Jahre. So hatte Frenzel ihn kennengelernt. Und mögen. Denn Peer Strand war ein einziger Sonnyboy, immer nur gut gelaunt und am Lachen. Das Leben ist ja so schön.

Peer!

Der Angesprochene stutzte und versuchte, im Halbdunkel des *Gusa*-Geländes irgendetwas zu identifizieren.

Peer Strand!

Jetzt klingelte etwas irgendwo in seinem Hinterkopf. Äh … Frenzel? Was machst du denn hier!

Wohnen, kam es trocken, und du?

Ich muss dringend zu Emmer, zu dem ging es hier immer rein, aber jetzt ist alles zu.

Emmer? Du meinst Emre?

Sag ich doch.

Emre ist nicht mehr da.

Wie …?

Emre ist nicht mehr da, die Werkstatt gibt es nicht mehr.

Scheiße, aber ich brauch ihn.

Für was? Für Stoff? Oder Alk?

Nee, Frenzel, alter Kumpel, zum Arbeiten und Schrauben. Bin völlig blank. Muss Geld verdienen.

Da hast du leider Pech. Emre ist ausgezogen, und ich hab keine Ahnung, wohin.

Oh fuck. Und was soll ich jetzt machen?

Hast du denn was zum Übernachten, Peer?

Der schüttelte den Kopf.

Weißt du was? Lauf hier mal außenrum zum Haupttor, dann lass ich dich rein. Kannst heute bei mir übernachten, und morgen siehst du dann weiter. Aber eins sag ich dir gleich: Zum Trinken kriegst du bei mir nichts, nur Wasser und Tee.

Der Blondgelockte nickte. Tastete sich torkelnd rüber zum Haupttor. In seiner Pförtnerloge machte Frenzel ihm Brote, wies ihm das Sofa zum Schlafen und ging wieder hinaus. Er brauchte noch Nachtluft, die Geräusche der Nacht.

Eine halbe Stunde später schlich sich erneut die große Karosse ums Gelände. Frenzel hatte keine Ahnung, was die beiden Gegelten im Schilde führten. Aber beunruhigen konnten sie ihn nicht.

●

Am frühen Morgen zog er sich für ein paar Stunden Schlaf in sein Verwaltungsstockwerk zurück. Unten schnarchte Peer auf dem Sofa.

•

Als Frenzel gegen sieben herunterkam, Frühstück machen wollte, war der Besucher weg – und mit ihm die sechs grünen Scheine aus der Schublade. Er hätte es wissen müssen. Hatte es eigentlich gewusst. Beim Anblick von Bargeld wurde Peer hemmungslos. Für ein paar Scheine setzte er selbst die letzten Verbindungen aufs Spiel, er lebte nur im Moment. Trotzdem: Frenzel konnte ihm nicht böse sein. Nicht weil das Geld ihn nicht schmerzte, sondern weil Peer war, wie er war.

•

Es vergingen ein paar Tage, bis er wieder Lust aufs *Gadda* verspürte, dann stieß er erneut die Tür zur Gaststube auf. *Rocks off,* der Uraltsong der Stones, rockte ihm entgegen. *I hear you talking when I'm on the street, Your mouth don't move but I can hear you speak …* Am Tresen saßen nur Leo und Kalle. Seltenes Bild, zumal um diese Uhrzeit, schon nach elf. Leo, wie immer zerstrubbelt und nicht ansprechbar, über sein Buch gebeugt, Kalle ins Leere blickend. Nick machte Frenzel sein Wasser. Anwesend sein und abwesend schauen, Kalle beherrschte das perfekt, konnte es stundenlang.

•

Frenzel setzte sich wie immer an den ersten Tisch. Vier der sechs waren da, Loko, Kira, Woody und Lara, Walli und Hanno nicht. Er nickte zur Begrüßung, sah fragend in die Runde. Stör ich?
Kopfschütteln, Schweigen. Die Freunde wirkten bedrückt.
Kira sah ihn an. Wir suchen Walli. Wir wissen nicht, wo sie ist und können sie auch nicht erreichen. Sie ist wie verschwunden. Und Hanno auch.

Wie – verschwunden?

Walli wollte für Charly Ingrids Wagen nach Regensburg fahren. Ingrid ist …

… Jimmys Mutter, ich weiß.

Ja. Ingrid hat ihr Auto nach der Beerdigung hier stehen lassen und lieber den Zug genommen. Hat sich nicht in der Lage gefühlt zu fahren. Aber Walli ist danach nicht wieder zurückgekommen. Und wir können sie nicht erreichen.

Handy?

Ist aus.

Wie lange ist sie denn schon weg?

Zwei Tage, seit vorgestern früh.

Seit vorgestern? Und da macht ihr euch schon Sorgen?

Walli hat so etwas noch nie gemacht, hat uns immer wissen lassen, wo sie ist. Außerdem wollte sie gestern Abend zu mir kommen und ist nicht aufgetaucht. Ohne Bescheid zu sagen. Kira wirkte ziemlich mitgenommen.

Frenzel überlegte. Wie wollte sie denn zurückkommen?

Trampen.

Von Regensburg aus?

Ja, vom Autohof da. Ingrid wohnt in Sarching, das ist kurz hinter Regensburg. Von da kommt Walli in zehn Minuten zu Fuß an den Autohof Rosenhof an der A3. Das hat sie schon öfter gemacht.

Und Hanno erreicht ihr auch nicht, habt ihr gesagt?

Nein. Aber Hanno wollte zu seinen Eltern, irgendwas am Bus schrauben.

Und? Da mal angerufen?

Ja, aber da ist er schon wieder weg. Seine Eltern dachten, er ist hier. Sein Handy ist aus, nicht erreichbar.

Frenzel überlegte. Okay. Und dass Walli noch bei Ingrid ist? Habt ihr die mal angerufen?

Ja, aber Ingrid ist ja nicht da. Sie wollte ein paar Tage Ruhe nach der Beerdigung. Wegfahren. Für sich sein. Hat aber nicht gesagt, wohin. Und ihr Handy ist auch aus.

Frenzel überschlug das Gehörte, dachte nach. Aber dass Walli ihr das Auto bringt, hat Ingrid gewusst?

Keine Ahnung. Charly hat nur gesagt, sie soll das Auto auf dem Stellplatz in der Straße abstellen und den Schlüssel in den Briefkasten werfen.

Charly? Frenzel machte eine fragende Kopfbewegung hin zum leeren Platz am Tresen.

Sie nickten.

Könnte sie bei ihrer Mutter sein?

Ist sie nicht.

Irgendwo anders, irgendwelche Freunde?

Kopfschütteln, ratlos.

Okay. Wart ihr denn schon bei der Polizei? Die Frage ging ihm nicht leicht über die Lippen, aber bei den jungen Leuten war das etwas anderes.

Loko lachte frustriert auf. Du meinst, eine Vermisstenanzeige aufgeben? Ja klar, war ich. Aber die machen erst mal gar nichts. Nehmen nicht mal die Anzeige auf. Erst nach vier, fünf Tagen, Tatsache. Sie sagen, Walli ist ein erwachsener Mensch, sie kann tun, was sie will, und muss sich nicht alle fünf Minuten irgendwo melden. Bei Kindern wäre das anders, da agieren sie sofort. Oder bei Alten, Kranken, Dementen. Und dann, sagen sie, gingen täglich so viele Vermisstenanzeigen für Erwachsene ein, die könnten sie gar nicht alle bearbeiten. Tun sie auch nicht, weil: Weit über fünfundneunzig Prozent der Vermisstenmeldungen erledigen sich nach vierundzwanzig, spätestens achtundvierzig Stunden von selbst. O-Ton. Weil die Leute einfach wieder auftauchen. Weil sie bei Freunden waren, bei Bekannten, irgendwo, einfach mal einen Trip gemacht haben, alles Mögliche.

In dem Moment kam Charly herein. Wirkte abwesend, ging zu seinem Platz, hob die Hand für ein Bier, ließ sich auf seinen Hocker fallen. Kein Blick in die Runde, keine Begrüßung. Er sah mitgenommen aus, kein Wunder.

Charly? Frenzel rief hinüber zum Tresen.

Charly drehte müde den Kopf. Als ob es ihm Mühe bereitete, hier zu sein, auf etwas zu reagieren.

Sorry, magst du mal kurz rüberkommen, bitte? Dann muss ich nicht so schreien. Er sprach gegen Can und Malcolm Mooneys zärtlich rauchige Stimme an. *Yes, I care if she brings me spring, But don't care about nothing, She brings the rain …*

Charly wuchtete seinen massigen Körper hoch, bewegte sich schwerfällig herüber. Ja?

Die vier suchen Walli. Hast du eine Ahnung, wo sie sein könnte?

Ich? Nein.

Und wo Ingrid ist?

Ingrid? Ich? Nee. Sie wollte ein paar Tage weg, allein sein, hat sie gesagt. Wegen Jimmy. Klarkommen damit. Aber wieso Walli?

Walli hat ihr das Auto gebracht.

Walli? Warum Walli? Das sollte doch Hanno machen. Hatte ich mit ihm so besprochen, ihm übrigens auch Geld gegeben für die Rückfahrt.

Frenzel sah die anderen an. Warum ist dann Walli gefahren?

Ratlose Gesichter. Vielleicht wollte sie Ingrid sehen, sie sind ja gut befreundet.

Macht euch mal keine Sorgen, sie wird schon wieder auftauchen. Für Charly war das Thema beendet.

Danke, das war's schon, kannst uns wieder allein lassen. Frenzel sah die anderen an. Und was wollt ihr jetzt tun?

Sie zuckten mit den Schultern. Was können wir schon tun?

Frenzel dachte nach. Dann sah er auf die Uhr, nahm sein Handy und rief sich ein Taxi.

Was hast du vor?

Ganz einfach: Ich hab kein Auto, und um diese Uhrzeit krieg ich hier auch keins mehr. Also hol ich mir jetzt ein Taxi, fahr zum Flughafen, leih mir dort einen schnellen Wagen und donner nach Regensburg. Wenn sie am Autohof war, dann ist sie auch irgendwo erfasst, da hängen ja überall Kameras. Wenn die Polizei noch keine Notwendigkeit sieht, nachzuforschen, machen wir es halt selbst. Hat jemand ein Bild von Walli?

Ja, ich.

Schickst du es mir aufs Handy? Hier ist meine Nummer.

Soll einer von uns mitfahren? Woody hatte das gefragt.

Nee, lass mal, das mach ich lieber allein.

•

Eine halbe Stunde später flog er mit einem schwarzen 7er-BMW durch die Nacht, die Tachonadel selten unter zweihundert. Die Autobahn war frei, nur auf der rechten Spur rollten die Lkw Richtung Osten. Jetzt nur kein Reh, dachte sich Frenzel, während die weißen Striche unter ihm durchschossen. Auf der Höhe von Lengenfeld machte sein Handy Pling, das Bild von Walli. Loko hatte es ihm geschickt.

•

Er rief Loko zurück. Frenzel hier, danke für das Bild. Kannst du mir noch die Adresse von Ingrid schicken? Und ihren Nachnamen?

Kurz vor Mitternacht stand er vor einem Mehrparteienhaus, alle Fenster dunkel. Er leuchtete mit dem Handy aufs Klingelschild, fand den Namen. Das Navi hatte ihn richtig gelotst.

Er klingelte. Wartete.

Klingelte erneut, länger, eindringlicher.

74

Immer noch nichts.

Jetzt klingelte er Sturm.

Im Untergeschoss ging ein Licht an, der Vorhang wurde zurückgeschoben, das Fenster geöffnet. Isnlos? Eine verschlafene Gestalt schaute heraus.

Schuldigung, dass ich Sie geweckt habe, ich muss dringend zu Ingrid Burne.

Die ist nicht da.

Sicher?

Wenn ich's doch sag. Hab sie schon ein paar Tage nicht mehr gesehen.

Okay. Haben Sie diese Frau vielleicht hier gesehen? Er hielt ihr das Handy mit dem Bild von Walli hoch.

Ja, die war schon ein paarmal bei Frau Burne, ist eine Freundin.

War sie in den letzten Tagen hier, haben Sie sie gesehen?

Nee, ist schon ein paar Wochen her das letzte Mal.

Okay, danke. Und sorry für die Störung.

●

Wenige Minuten später bog er von hinten her auf den Autohof. Stellte den Wagen ab. Der Motor knackte. Frenzel ging hinein, direkt zum Typen an der Kasse.

Hallo. Zufällig jemand da, der vorgestern Vormittag hier war?

Der hinter der Kasse sah ihn gelangweilt an. Bei den Pornoheften drückten sich zwei fremdländisch aussehende Fernfahrer herum und kicherten verschämt, draußen stand ein Lkw mit laufendem Motor, ließ die Scheiben vibrieren.

Ich. Der Rest erst morgen Vormittag wieder. Über Spiegel und Kameras hatte der Typ einen guten Rundumblick über Verkaufsraum und Außenanlage. Irgendwo da draußen flackerte eine Leuchtstoffröhre. Ging an, kicklickkling, und wieder aus.

Darf ich dich mal was fragen?

Der Tankwart hinter der Kasse sah ihn an. Bist du der, der grad da von hinten reingefahren ist? Er deutete mit dem Finger zwischen dem Wagen draußen und Frenzel hin und her.

Ja.

Ist verboten. Ist nur für Betriebsfahrzeuge.

Ist mir scheißegal. Zeig mich an.

Kann passieren, wenn du mir blöd kommst. Was gibt's denn?

Ich bin auf der Suche nach einer jungen Frau. Frenzel hielt ihm das Handy mit dem Bild hin. Hast du die vielleicht hier gesehen?

Bei uns auf der Raststätte? Der Typ schüttelte den Kopf. Kann ich mich nicht erinnern. Wann soll die hier gewesen sein?

Vorgestern Vormittag, Mittag, wollte trampen, Richtung Würzburg/Frankfurt. Frenzel deutete auf die Bildschirme. Kann ich mir die Aufnahmen von vorgestern mal ansehen?

Polizei?

Nee, aber die kümmern sich nicht darum. Erst wenn sie fünf Tage weg ist oder länger, vorher nicht.

Dann geht's nicht, tut mir leid.

Frenzel legte dezent einen gefalteten Grünen auf den Tresen. Vielleicht geht's doch?

Ist das ein Film? Versteckte Kamera vielleicht? Der Tankwart sah sich um.

Schwätz nicht, möglicherweise geht es um ihr Leben, sie ist weg. Ein zweiter Grüner folgte.

Bist n komischer Typ. Aber komm mit. Der Tankwart wurde kooperativ. Kaffee?

Gerne, ja. Schwarz.

Bring ich dir gleich. Er öffnete eine Türe und schaltete das Licht an. Vier Monitore flimmerten an der Wand. Er deutete auf einen Rechner. Kennst du dich damit aus?

Ich werd mich schon zurechtfinden. Frenzel zog den Drehstuhl heran und versuchte sich zu orientieren. Zählte insgesamt zwölf Kameras. Sie hatten die zwei Einfahrten im Blick, erfassten die Tanksituation auf beiden Seiten des Gebäudes, mehrere hatten den Parkplatz im Visier, weitere waren auf die Lkw-Stellplätze ausgerichtet und zwei schließlich wieder auf die Ausfahrten.

Der Tankwart brachte ihm den Kaffee.

●

Zwanzig Minuten später hatte er es. Eine junge Frau, Tasche über der Schulter, stand in der Nähe der Zapfsäulen und sah sich um. Es war Walli. Sie ging in die Tankstelle, kaufte sich einen Kaffee. Setzte sich etwas abseits auf den Bordstein, trank, rauchte eine, warf dann den Becher in den Abfall und ging hinüber zum Lkw-Parkplatz. Klopfte an Türen, sah zu den Fenstern hoch, sprach mit den Fahrern, ging weiter. Versuchte ihr Glück. Bei einem Lkw weiter hinten schien sie Erfolg zu haben. Sie verschwand ums Führerhaus herum, nicht lange darauf startete der Lkw. Elf Uhr dreiundzwanzig laut Zeitprotokoll. Am Heck ein großes rundes Logo oder Emblem, mehr konnte er nicht erkennen.

Sprung auf die Kamera an der Parkplatzausfahrt. »Degitogliu Evden Eve Amagür« konnte er im Standbild auf der Plane lesen, mehr nicht.

Sprung auf die Kamera an der Parkplatzeinfahrt, Schnellsuchlauf rückwärts. Neun Uhr sieben wurde er fündig. Die Aufnahmen waren besser. Er hielt sie an, machte ein Bild mit dem Handy. Es war eine Spedition aus einem Ort namens Sahinbey in der ostanatolischen Region Gaziantep.

●

Null Uhr siebenunddreißig. Er nahm sein Handy.

Yüldürük?, kam es verschlafen.

Emre? Frenzel hier. Zeit, dein Versprechen einzulösen.

Frenzel? Versprechen?

Die *Gusa*, du erinnerst dich? Deine Werkstatt und das andere Zeug. Ich hab zwei Gefallen bei dir gut.

Aber nicht jetzt, oder?

Doch. Ich brauch dich, sofort.

Ist es wegen Peer?

Peer?

Peer Strand, der war doch bei dir und ist jetzt bei mir.

Vergiss Peer. Nein, hör zu: Du sprichst doch Türkisch.

Äh ... ja, äh ... aber nicht so richtig.

Scheiße, dachte Frenzel, jetzt muss ich umswitchen. Er dachte fieberhaft nach. Aber du verstehst Türkisch?

Schon, ja, zumindest das meiste.

Dann nimm dir jetzt ein Taxi und fahr Richtung Regensburg.

Warum ein Taxi? Da fahr ich doch selber.

Nein, nimm ein Taxi. Sofort! Ich hab einen Wagen hier, und wir müssen dann gemeinsam weiter. Kein zweiter Wagen, also Taxi.

Emre stöhnte auf. Das kostet mich ja ein Vermögen.

Der Fahrer kriegt sein Geld hier in bar. Von mir.

Okay, scheiße. Wo genau muss ich hin?

Hast du was zum Schreiben? Also hör zu: Parkplatz Ludergraben an der A3 Richtung Regensburg. Der kommt gleich nach dem Nürnberger Kreuz. Musst aber auf die Ostseite, also Richtung Nürnberg, Berlin. Dazu müsst ihr bis zum Kreuz Altdorf fahren und dann wieder zurück. Verstanden?

Muss ich mir aufschreiben, warte.

Frenzel wiederholte die Angaben kurz. Ich komm von Regensburg, bin entweder schon da und wenn nicht, wartest du mit dem Taxler.

•

Eine knappe Stunde später rauschte ein Taxi auf den Parkplatz. Emre stieg aus. Frenzel war schon da, stand in der Nacht und rauchte. Sah auf seine Uhr. Guter Schnitt!, nickte er anerkennend. Blätterte dem Fahrer sein Geld hin, einen Zwanziger obendrauf. Danke. Gute Heimfahrt.

•

Frenzel setzte Emre ins Bild. Zeigte ihm das Foto des Lkws. Die Telefonnummer des Unternehmens hatte er inzwischen eruiert. Die Nummer des Lastzuges war 076.

Und jetzt?

Wir nehmen uns einen türkischen Lkw-Fahrer als Faustpfand, hier am Parkplatz stehen ja ein paar. Dann rufen wir in Gaziantep bei der Spedition an …

Um diese Zeit?

Die werden schon einen Not- oder Nachtdienst haben – und der wird alles in Bewegung setzen, wenn wir die Familie unserer Geisel bedrohen.

Was für ne Scheißaktion.

Es geht vielleicht um ein Menschenleben. Die Frau ist seit über achtundvierzig Stunden weg. Wir müssen herauskriegen, wer auf dem Lkw sitzt, in den sie gestiegen ist, welche Tour er fährt und wo er gerade ist. Dann können wir ihn uns krallen.

Emre hatte verstanden.

Ich sag an und du übersetzt, dafür wird dein Türkisch reichen.

Sie liefen an den Lkw entlang und kamen zu einem mit laufendem Motor. Der Fahrer verstaute gerade ein paar Sachen in einem Kasten hinter dem Tank und schien bald wieder starten zu wollen. »SL Ulasim A.S., Nizip« stand auf der Plane.

Nizip ist gut, raunte Emre, das ist nur dreißig Kilometer von Gaziantep weg. Sie traten näher, grüßten den Fahrer. Frenzel zog einen Teleskopstab aus der Tasche, zog ihn auf, holte aus und schlug dem Fahrer ansatzlos seitlich gegen das Knie. Der stöhnte vor Schmerz auf, guckte angstvoll und entsetzt. Frenzel deutete auf die Fahrerkabine, wies Emre an, einzusteigen. Der ging um das Fahrzeug herum, stieg auf der Fahrerseite ein, Frenzel bugsierte den humpelnden Fahrer auf der Beifahrerseite hinein und stieg hinter ihm hinauf. Emre schaltete den Motor ab.

Wir brauchen dich. Wenn du kooperierst, wird dir nichts geschehen. Emre übersetzte und sprach mit dem Fahrer. Der nickte und rieb sich das schmerzende Knie. Kennst du die Spedition Degitogliu Evden Eve Amagür aus Gaziantep?

Der Fahrer nickte.

Hast du Frau und Kinder?

Ja, ich hab mit meiner Frau drei Kinder. Zeynep, Asel und Eymen.

Okay, wenn du nicht tust, was wir sagen, nehmen wir uns deine Kinder vor, verstanden? War ein leere Drohung, musste aber sein. Um Widerstand auszuschalten, musste er auch mal herzlos sein.

Der Fahrer nickte, Panik in den Augen.

Pass auf. Ein Fahrer von Degitogliu aus Gaziantep hat vorgestern in Regensburg eine Frau mitgenommen. Eine Tramperin. Seitdem ist sie verschwunden. Die Nummer des Lasters war die 076. Du rufst jetzt in Gaziantep bei der Spedition an, sagst denen das, schilderst deine Situation und dass wir deine Kinder bedrohen und verlangst den Namen des Fahrers, seine Telefonnummer und seine Route. Wir müssen wissen, wo er überall hinfährt, damit wir ihn stoppen können. Verstanden?

Verstanden. Der Fahrer zitterte.

Frenzel ging ein Fall durch den Kopf, von dem er gelesen hatte, als er noch saß. Ein Lkw-Fahrer hatte auf seiner Tour von Südspanien nach Schweden eine Tramperin mitgenommen. Sie vergewaltigt und getötet und schließlich Panik bekommen und den kompletten Lkw samt Ladung angezündet und als gestohlen gemeldet. Alles ziemlich dumm. Und erschütternd. Dabei hatte er daheim Frau und Kinder. Auch an den Fall dachte er, bei dem ein Mädchen, das einer in seinem Lkw mitgenommen hatte, vergewaltigt und getötet und dann bei einem Weinberg einen Abhang hinunter in die Büsche geworfen wurde, entsorgt wie ein Stück Dreck. Erst nach Jahren hatte man den Täter gefunden und konnte ihm die Tat nachweisen – weil er ein Stück Metall von einem Wagenheber am Tatort weggeworfen hatte. Für ihn dummerweise von einem Wagenheber, der nur bei ganz wenigen Fahrzeugen – und auch nur denen eines Herstellers – zur Bordausrüstung gehört hatte. So auch bei seinem. Und dann bei ihm fehlte. Gute Polizeiarbeit, musste Frenzel neidlos anerkennen. Zäh drangeblieben und über Jahre nicht aufgegeben.

•

Die Telefonate gestalteten sich schleppend, und der Fahrer brach mehrmals in Tränen aus. Er war ein Nervenbündel. Bei Degitogliu ging erst einmal minutenlang überhaupt niemand ans Telefon, dann endlich hob jemand ab, hörte zu, kapierte die Lage und klingelte schließlich einen Disponenten aus dem Bett. Der endlich konnte ihnen Auskunft geben. Der Fahrer des Wagens 076 war demnach ein Malik Demir, eiserner Diener des Königs, übersetzte Emre den Namen nebenbei, seine Route sollte ihn über die A3 und A9 nach Kulmbach führen. Dort sollte er verschiedene Rohstoffe entladen, zehn Stunden warten, Aromen und Backzutaten für eine Großbäckerei laden und nach Potsdam weiterfahren, entladen, seine Pausen machen, schließlich bei einem Elektronikunternehmen Messgeräte übernehmen für einen

Betrieb bei Łódz, sie entladen, seine Pausenzeiten einhalten und dann leer nach Wien zu einem Chemiewerk, Aktivkohle laden und über Budapest, Belgrad und Sofia zu einem Unternehmen in Istanbul fahren. Emre hatte alles notiert. Ganz schöne Hammertour.

Frenzel klopfte dem Fahrer beruhigend auf die Schulter und drückte ihm zwei Hunderter in die Hand. Musste leider sein, tut mir leid. Und kein Wort ...!

•

Die Uhr zeigte auf kurz vor vier, als sie sich in den BMW setzten. Frenzel blätterte in seinem Notizbuch. Er entschied sich für Schmiedgen, wählte dessen Nummer.

Er ließ das Telefon klingeln und klingeln und klingeln. Die Verbindung brach ab. Und wieder klingeln und klingeln und ... Schmiedgen?, tönte es plötzlich verschlafen und genervt aus dem Apparat.

Frenzel hier.

Frenzel? Schmiedgen verstand nicht. Noch nicht.

Liebe Nachbarn, half Frenzel ihm auf die Sprünge, *seit knapp zwei Jahren lebt im Haus Nr. 43 eine Person, die uns ihre Vergangenheit verschwiegen hat ...* Sie erinnern sich?

Mit einem Mal war Schmiedgen sehr wach. Was wollen Sie, Frenzel?

Sie erinnern sich an unseren Deal? Ich brauche Sie jetzt. Sofort. Entweder Sie helfen mir *jetzt*, oder die Polizei rückt an. Sie wissen schon.

Warten Sie einen Moment. Schmiedgen flüsterte und schien den Raum zu wechseln. Ja?

Haben Sie etwas zum Schreiben?

Moment ... ja.

Sie fahren auf der Stelle nach Kulmbach. Er nannte ihm Unternehmen und Adresse. Schauen, ob dort ein türkischer Lkw steht mit folgender Aufschrift. Ich buchstabiere … haben Sie es?

Hab ich.

Der soll dort entladen und laden. Der Truck hat die Nummer 076, sie steht auf der Fahrertür.

Okay.

Sollte der Lkw noch dort sein, wahrscheinlich aber ist er schon weg, geben Sie mir umgehend Bescheid. Und hindern ihn an der Weiterfahrt. Wie, ist mir egal, und wenn Sie ihm die Bremsleitungen durchtrennen oder Sand in den Tank schütten.

Aber …

Jetzt ist keine Zeit zum Diskutieren. Machen Sie sich klar, was für Sie davon abhängt.

Unwilliges, leicht verängstigt-eingeschüchtertes Brummeln.

Sollte der Truck aber schon weg sein, fahren Sie nach Berlin. Ihr Ziel ist dann, schreiben Sie mit. Er las ihm Unternehmen und Adresse vor. Verstanden? Das ist seine nächste Station. Steht er noch da, gilt das Gleiche: ihn stoppen.

Ich hab es notiert, kam es kleinlaut.

Und halten Sie die Augen offen. Sollten Sie den Lkw unterwegs überholen oder auf einem Parkplatz oder an einer Raststätte sichten, hindern Sie ihn am Weiterfahren, wie auch immer. Wir kommen Ihnen hinterher, sind eigentlich schon unterwegs. Alles verstanden?

Ja.

Noch irgendwelche Fragen?

Nein.

Ach so, das noch: Der Fahrer heißt Malik Demir. Er hat eine Tramperin mitgenommen, die seither verschwunden ist. Sie verstehen?

Scheiße.

Ja. Wenn Sie den Job gut machen, sind wir quitt.

Ich fahre in fünf Minuten los.

Den hab ich wegen Kindesmisshandlung, erklärte Frenzel Emre. Hat seine Kinder geprügelt – aber wie! Und gemeint, das wäre Erziehen. Dabei ist er Lehrer, glaubt man nicht. Aber das hab ich ihm ausgetrieben.

Cleveres System.

•

Fahren wir?

Fahren wir.

Frenzel setzte den Blinker, winkte dem türkischen Truckfahrer noch einmal kurz zu und brüllte mit dem BMW hinaus auf die Autobahn. Noch zeichnete sich kein Streifen ersten Morgenlichts am östlichen Himmel ab.

Emre hatte in der Zwischenzeit pausenlos Malik Demir zu erreichen versucht. Das Telefon klingelte sich wund. Dann, endlich, ging jemand dran.

Bist du Malik Demir?

Ja. Eine völlig verpennte Stimme meldete sich. Wer bist du?

Das spielt keine Rolle, die Fragen stelle ich. Emres Türkisch klang für Frenzel flüssig, für das Gespräch würde es schon genügen. Also: Wo bist du? Emre wollte keine Diskussion.

Der andere schien noch nicht ganz wach. Ich … äh … also, na ja …

Antworte!

Warte. Der Fahrer schien nachzudenken. Aber wer bist du denn, warum willst du …?

Frag nicht, antworte: Wo bist du?

Äh … hier …. auf einem Parkplatz hinter Plovdiv, ich muss Pause machen. Warum willst du das wissen?

Emre war irritiert. Schweig, ich bin von der deutschen Polizei. Was sagst du da? Du bist in Plovdiv? In Bulgarien?

Ja, weißt du denn nicht, ich muss zurück nach Antep.

Bulgarien? Emre hatte gar nicht mehr zugehört. Lügst du mich an? Was machst du in Bulgarien? Du solltest jetzt in Berlin sein oder in Łódz und dann weiter nach Wien … Emre schrie beinahe ins Telefon. Erzähl mir keinen Mist!

Der Fahrer schien merklich eingeschüchtert. Nein, ich hab doch getauscht mit Ceyda. Ceyda Bulut.

Wie …?

Denn meine Mutter ist krank, ich muss dringend zurück.

Und wer ist Ceyda Bulut?

Eine Kollegin in der Spedition. Ich hab sie angerufen, und sie hat meine Tour übernommen. Sie kam grad von Frankfurt. Wir haben uns auf einer Raststätte bei Nürnberg getroffen und die Fahrzeuge getauscht. Sie fährt jetzt meine Tour, und ich fahr ihren Truck zurück. Aber …

Emre brauchte einen Moment, um die Information zu verarbeiten. Dein Chef aber weiß nichts davon … und dein Disponent auch nicht.

Nein, sie wissen es nicht.

Emres Stimme wurde hart: Hör mir zu: Du hast bei Regensburg eine Frau mitgenommen. Warum?

Jetzt wurde der Fahrer endgültig kleinlaut. Ja, ich weiß, das ist verboten. Aber sie hat mich gebeten …

Erzähl mir jetzt keine Geschichten. Wo ist sie?

In meinem … also in Ceydas Truck jetzt.

Malik Demir, ich warne dich. Lügst du mich an?

Bei Allah, nein, das ist die Wahrheit.

Hast du die Nummer von Ceyda?

Emre notierte sie sich. Und ich warne dich, solltest du gelogen haben: Wir kriegen dich! Emre drückte das Gespräch weg.

•

Ja? Die Dame ging schon beim zweiten Klingeln ran. Im Hintergrund brummte der Lkw-Motor.

Sind Sie Ceyda Bulut?

Ja?

Wo sind Sie? Emre fragte sofort, ohne seinen Namen zu nennen.

Verzeihung, wer sind Sie?, kam es selbstbewusst zurück.

Emre ging nicht darauf ein. Wo ist die Tramperin, die Malik Demir in seinem Truck hatte? Er fiel gleich mit der Tür ins Haus. Sie ist dann mit Ihnen weitergefahren.

Walli? Die ist schon lange nicht mehr bei mir. Sehr nette Frau.

Wo ist sie?

Ich habe sie auf einer Raststätte rausgelassen. Dort, wo sie hinwollte.

Geht's vielleicht etwas genauer?

Sagen Sie, wer sind Sie überhaupt? Fragen mich hier einfach aus …

Deutsche Polizei. Beantworten Sie mir meine Fragen.

Weiß nicht mehr, wie das hieß. War irgendwo hinter Nürnberg Richtung Berlin.

Wo genau?

Ich weiß es nicht. Kurz danach ging es lang einen Berg hoch, das müsste ich erst nachschauen, mehr kann ich so nicht sagen.

Der Autohof Schnaittach, sagte Frenzel. Dahinter kommt der Hienberg.

Und wo ist sie jetzt?

Weiß ich doch nicht. Sie hatte telefoniert und sollte abgeholt werden.

Von wem?

Weiß ich auch nicht. Von jemandem, den sie kannte. Freunde.

Wann war das?

86

Ach, das müssten heute Mittag drei Tage sein. Ceyda Bulut hatte die Uhrzeit nicht im Kopf.

Muss wohl gegen eins gewesen sein, schätzte Emre. Halb zwölf in Regensburg weg, zirka einhundertzwanzig Kilometer, da brauchst du mit so nem Schiff einenhalb bis zwei Stunden.

Frenzel nickte. Dann nichts wie dahin.

Okay, wir haben Ihre Nummer. Wenn etwas von Ihren Angaben nicht stimmt, sind Sie dran. Er legte auf.

Halt, ruf noch mal an.

Was noch?

Ruf an.

Die Truckfahrerin ging sofort ran. Ja?

Ich hab doch noch eine Frage: Walli hat angerufen, sagten Sie?

Ja.

Aber ihr Handy ist aus, schon seit Tagen. Wie soll das gehen?

Ja, ihr Handy war leer. Sie hat mit meinem telefoniert.

Dann ist die Nummer, die sie angerufen hat, in Ihrem Handy?

Sicher, ja.

Können Sie mir die sagen?

Ich weiß nicht, wie das geht mit dem Handy. Ich schicke sie Ihnen, Ihre Nummer hab ich ja jetzt.

•

Schmiedgen?

Frenzel hier. Wo sind Sie gerade?

In Kulmbach war nichts mehr, bin jetzt zwischen Jena und Leipzig auf dem Weg nach Berlin. Bin, glaub ich, schon zweimal geblitzt worden. Rase wie ein Irrer.

Nehmen Sie den Fuß vom Gas. Sie können umkehren, Schmiedgen, war ein blinder Alarm.

Wie …?

Das Problem hat sich aufgelöst, will ich sagen, Ihr Auftrag ist beendet. Wir haben den Lkw.

Und … äh … der Deal? Sind wir jetzt quitt?

Nee, Freundchen, dafür war das zu wenig. Sie waren zwar sofort da, aber hat ja nichts genutzt.

Schmiedgen schwieg.

Also: Wenn ich Sie noch mal brauche, ruf ich Sie an. Tschüss. Frenzel legte auf. Dem geht der Arsch auf Grundeis. Gut so. Soll ruhig noch lange schmoren.

●

Als sie in den Autohof am Fuß des Hienbergs einbogen, zeigte sich am Horizont der erste Streifen Licht. Ein paar Fernfahrer löffelten Eintopf mit Bockwurst, andere tranken Kaffee oder standen draußen und rauchten.

Morng.

Morng. Haben Sie getankt?

Nein. Frenzel sah zu den Gästen im Imbiss, beugte sich vor und hielt dem Tank- und Kassenwart das Handy mit dem Foto von Walli hin. Wir suchen diese Frau, raunte er. Muss vor drei Tagen um die Mittagszeit hier angekommen sein, als Tramperin, und wurde abgeholt. Ist seither verschwunden.

Von denen, die zu dem Zeitpunkt hier waren, ist keiner da. Erst mittags wieder.

Frenzel schob unauffällig einen gefalteten Grünen über den Tresen. Können wir uns die Kameraaufnahmen vielleicht mal ansehen?

Der Tankwart sah ihn an, dann auf die Uhr, winkte sie nach hinten, ging voraus. Ihr müsst aber in einer halben Stunde fertig sein. Dann kommt der Chef, und wenn der euch erwischt – und natürlich auch mich –, brennt hier die Hütte. Ihr kennt euch aus?

Denke schon, und ich hoffe, die Zeit reicht uns.

Ein zweiter Grüner wechselte unauffällig in die Hand des Tankwarts.

•

Frenzel brauchte nicht allzu lange, um die Stelle zu finden, sie hatten die Zeit gut geschätzt. Da, schau! Der türkische Lkw fuhr ein, bremste, hielt am Rand kurz an, eine Frau stieg aus, winkte der Fahrerin zu, der Truck blinkte und setzte sich wieder in Bewegung, verließ den Autohof. Die Frau hatte eine Tasche über der Schulter. Es war eindeutig Walli. Sie stand da und sah sich um, suchte. Dann schien sie jemanden entdeckt zu haben, winkte, vielleicht rief sie auch etwas, und setzte sich in Bewegung. Verließ das Bild. Frenzel suchte nach der Kamera, die den angrenzenden Bereich erfasste, auf den sie zuging, aber es gab keine.

Emre sah ihn fragend an.

Frenzel konzentrierte sich auf die Ausfahrten. War nicht viel los gewesen um die Zeit, nur Lkw, die wieder auf die Autobahn rollten. Lediglich sechs Pkw hatten in der folgenden halben Stunde den Autohof verlassen. Ein Land Rover, ein Seat Ibiza, ein Škoda, dann eine Viertelstunde lang nichts, schließlich ein Audi Kombi, ein VW Bulli und ein älterer Passat. Die Kennzeichen der Fahrzeuge waren nicht zu erkennen. Frenzel filmte die Passagen ab, dann mussten sie abbrechen, gingen wieder nach vorn. In einem dieser Wagen muss Walli gesessen haben, wenn sie abgeholt worden war.

Fertig? Der Tankwart schaute zur Tür herein.

Weiß noch nicht. Vielleicht muss ich noch mal kommen.

Ja, aber heute geht nichts mehr, jeden Moment kommt der Chef. Notorischer Frühaufsteher, immer superpünktlich. Wollt ihr noch nen Kaffee?

Nein, nicht mehr. Aber sag mal, ihr habt da hinten einen toten Bereich, den keine Kamera erfasst. Was ist denn da?

Der Tankwart winkte ab. Müllcontainer, sonst nichts. Da gibt's eigentlich schon ne Kamera, aber die ist kaputt. Wurde abgebaut und bis heute nicht repariert. Brauchen wir aber auch nicht.

Verstehe. Frenzel war in seinen Gedanken längst woanders. Hatte Hanno nicht einen Bulli? Wahrscheinlich hat er Walli abgeholt. Dann war die ganze Aufregung umsonst. Er hoffte, dass es so war.

Sie setzten sich in ihren Wagen und fuhren durch einen sonnigen Freitagmorgen zurück.

•

Fast zur gleichen Zeit machte ein Spaziergänger eine grausige Entdeckung. Der Mann war mit seinem Hund heute einmal etwas weiter hinausgefahren, an der Pegnitz entlang, auch auf schmalen, nur für landwirtschaftliche Fahrzeuge zugelassenen Wegen. Kontrollierte hier eh keiner. Irgendwo zwischen Hersbruck und Hohenstadt hatte er seinen Wagen geparkt und war mit dem Hund los. Schon auf dem Rückweg, kam er drüben an den Wald. Da sah er den Bus stehen, versteckt hinter Büschen, auf einem zugewachsenen Weg. Natürlich schaute er sich das Fahrzeug an, sah auch durch die Scheiben hinein – und entdeckte zwei leblose Körper. Nein, die schnauften nicht! Reagierten auch nicht auf lautes Klopfen.

Es dauerte weit über zwanzig Minuten, bis der Streifenwagen den Weg zum Anrufer gefunden hatte. Die Sanitäter brauchten noch einmal fast fünfzehn Minuten mehr.

Wenn das Ding an war, tippe ich auf Kohlenmonoxidvergiftung, sagte einer der Polizisten und deutete auf die Standheizung, ein einkaufstaschengroßes Gerät, neben dem eine Gasflasche stand. Fünf Liter, Butan. Die hat doch ein Depp angemacht, das darf man doch so nicht machen. Nicht in so einem kleinen Raum. Und dann keine Fenster offen, nichts, alles schön zu. Der Sauerstoff verbrennt, die Abgase können nirgends nach draußen. Das kann doch keiner überleben. Aber schau, die zwei waren wahrscheinlich betrunken.

Er deutete auf die leere Rotweinflasche, die neben den beiden auf der zur Liegefläche umgeklappten Rückbank lag. Das erklärt wahrscheinlich alles. Die können froh sein, dass ihnen der Bus nicht abgefackelt ist, so wie das Ding hier vorne steht – obwohl, das wäre dann im Prinzip auch schon wurst gewesen. Er lachte hilflos.

Der Arzt, der wenig später kam, stellte nur noch den Tod fest. Und dass die beiden Rotwein getrunken hatten. Das zeigten ihre Zähne und die Zungen.

Zwei Tage waren die beiden schon tot, stellte sich später heraus. Mindestens.

•

Die Freunde der Toten, Loko, Kira, Woody und Lara, saßen zusammengesunken im *Gadda*. Vier Häufchen herzzerreißendes Elend. Sie schwiegen, ließen die Tränen fließen, schluchzten. Schon wieder so ein sinnloser Tod. Nick hatte trotzig Neil Young aufgelegt: *And once you're gone, you can never come back, When you're out of the blue and into the black ... Hey hey, my my.*

Auch an den anderen Tischen war man bedrückt, sprach meist gedämpft. Die Geschichte hatte längst die Runde gemacht, Walli und Hanno waren bekannt. Sie würden nie wieder zurückkommen ... Wegen eines so dummen Versehens. Betrunken. Und vergessen, die Heizung auszumachen. Oder ein Fenster auf. Es war unbegreiflich.

Thorsten saß vorn an der Tür und blickte immer mal wieder über die Schulter zu den Freunden. Sagte nichts. Charly, fünf Hocker weiter, spielte mit einer Zigarette und sah in sein Glas. Irgendwann ging er hinaus zum Rauchen. Leo saß tief über sein Buch gebeugt. An ihm schien, wie immer, alles vorbeizuziehen.

Was Frenzel in der Nacht erlebt hatte, wollte jetzt niemand wissen. Es war auch nicht von Bedeutung. Er hatte ein paar Fragen, mit denen aber wollte er niemand belästigen. Nicht jetzt.

Er bot den vier jungen Leuten seine Hilfe an, sie könnten jederzeit zu ihm kommen, dann zahlte er und ging.

•

Am Vormittag trat Frenzel in die Tür seines Pförtnerhäuschens, blinzelte in die Sonne – und machte sofort wieder instinktiv einen Schritt zurück, in den Hausschatten. Die Unsichtbarkeit. Ein Streifenwagen bog gerade sehr langsam von der Straße ab in die Einfahrt. Das eiserne Tor zum Gelände stand sperrangelweit offen. Gabi hatte wohl vergessen, es zu schließen.

Knirschend rollte der Wagen herein. Das gelbe Schild *Privatgelände. Betreten verboten!* schien die Polizisten nicht zu betreffen. Sie glitten langsam zwischen Pförtnerhäuschen und Villa hindurch und verschwanden hinter den flachen Längsbauten. Frenzel im Schatten des Eingangs hatten sie nicht bemerkt. Plötzlich durchzog ein Lächeln sein Gesicht. Er huschte hinüber zum Tor, schloss die beiden Flügel, verriegelte sie und zog sich wieder zurück in den Sichtschutz. Kaum eine Minute später kam der Streifenwagen zurück und rollte auf dem Kopfsteinpflaster aus.

Stoppte vor dem verschlossenen Tor.

Frenzel grinste innerlich.

Der Wagen stand eine halbe Minute mit laufendem Motor da, die beiden Uniformierten besprachen sich, schließlich inspizierte der Beifahrer das Tor. Probierte Klinke und Riegel, konnte es aber nicht öffnen.

Er setzte sich zurück zu seinem Kollegen, ließ die Autotür offen.

Ein kurzer Austausch, dann drückte der Fahrer auf die Hupe.

Wartete.

Er hupte erneut, nachhaltiger.

Frenzel blieb im Verborgenen.

Drei lange, sehr ungeduldige Huptöne folgten, fordernd, fast unverschämt.

Jetzt trat Frenzel hinaus. Besah sich die Situation, sah die beiden fragend an. Der Beifahrer deutete auf das Tor. Machen Sie uns auf?

Wenn Sie mir sagen, was Sie hier suchen?

Wir haben uns umgesehen.

Umgesehen. Aha.

Ja, umgesehen. Irgendwas auszusetzen?

Auf Privatgelände? Einfach so? Ohne Durchsuchungsbeschluss oder Gefahr im Verzug?

Das Tor stand offen.

Und wenn ein Tor offen steht, darf man dort einfach hinein? Eigenartige Rechtsauffassung, finden Sie nicht auch?

Der Bemützte versuchte es mit Charme und einem Lächeln. Wenn Sie nichts zu verbergen haben, kann es doch kein Problem sein.

Frenzel ging nicht darauf ein. Sagt Ihnen Paragraf 123 StGB etwas? Schon mal gehört?

Verständnisloser Blick des Bemützten.

Hausfriedensbruch. Wer in die Wohnung, in die Geschäftsräume oder in das befriedete Besitztum eines anderen oder ...

Jetzt mach mal aus einer Mücke keinen Elefanten.

Seit wann duzen wir uns?

Sorry, Sie.

Hausfriedensbruch ist eine Straftat.

Hören Sie, wir sind für das Viertel hier zuständig und wollten uns ein Bild von dem verlassenen Gelände machen. Müssen doch wissen, was es hier so alles gibt.

Oben hatte Gabi inzwischen das Fenster geöffnet und verfolgte die Szene. Zeigte Frenzel den erhobenen Daumen.

Und das nächste Mal durchwühlen Sie einfach mal so meinen Schrank, weil Sie neugierig sind, was sich dort so alles verbirgt?

Das ist doch schon noch ein Unterschied, oder?

Vom Grundsatz her nicht. Für beides benötigen Sie einen Durchsuchungsbeschluss. Richterlich oder vom Staatsanwalt. Und? Haben Sie nicht, oder? Er konnte es einfach nicht lassen. Er suchte die Gelegenheiten nicht, aber wenn sie sich ergaben, ließ er sie auch nicht aus. Sein altes Problem mit der Polizei.

Die Beamten zeigten keine Lust auf Diskussion. Bitte öffnen Sie jetzt das Tor!

Also keine Entschuldigung?

Ich fordere Sie hiermit ganz offiziell auf: Öffnen Sie umgehend das Tor! Übrigens wissen wir genau, wer Sie sind.

Verstehe. Ich mache nur noch schnell ein kleines Erinnerungs- foto von uns. Frenzel zückte sein Handy und machte ein Selfie mit dem Streifenwagen im Hintergrund.

Lassen Sie das.

Frenzel steckte das Handy wieder ein, zog seinen Schlüssel aus der Tasche, entriegelte das Tor und ließ sie hinaus.

Wir sehen uns noch, Frenzel, rief ihm der Beifahrer zu.

Jederzeit, wenn Sie etwas gegen mich haben. Muss aber mehr sein als heiße Luft. Er konnte es einfach nicht lassen.

Er war gespannt, was auf diese kurze Episode folgen würde. Die zwei ließen das ganz sicher nicht auf sich sitzen.

·

Gabi stand noch immer oben am Fenster. Grinste, nickte zustimmend. Gut gemacht, hat mir gefallen.

Sag mal. Er deutete auf das Fallrohr der Dachrinne am Eck der Villa. Irgendwann hatte das wahrscheinlich einmal ein Lkw angefahren und gequetscht. Seither lief, an den Spuren deutlich zu erkennen, bei Regen das Wasser die Hauswand hinab. Der Verputz war an etlichen Stellen längst abgeplatzt. Der Schaden musste schon älter sein, wenigstens seit einem Winter bestehen. Hast du denn drinnen bei dir nicht schon schwarze Flecken an der Wand? Kommt da nicht längst die Feuchtigkeit durch?

Sie nickte. Ja, an manchen Stellen ist es gestockt und schwarz.

Soll ich das mal machen?

Innen?

Nee, außen. Das Fallrohr und den Verputz.

Wenn du das kannst?

Wenn du ne lange Leiter hast?

Hatte sie, im Schuppen hinter der Villa.

Dann mach ich das dann mal in den nächsten Tagen.

Am frühen Nachmittag legte er die Leiter an, maß die Rohrlänge und bestellte im Baumarkt das Fallrohr und zwei Sack mineralischen Außenputz, um die Stellen mit den abgefallenen Fladen auszubessern. Eimer, Kelle und Werkzeug hatte er im Schuppen gesehen.

·

Mit Einbruch der Dämmerung setzte sich Frenzel wieder in seinen alten Gartenstuhl hinter den dichten Büschen und ließ die Welt sich drehen. Die ersten Fledermäuse durchkurvten kreuz und quer den sich eindunkelnden Himmel, und hoch droben fraßen

95

sich die Schwalben schon ihren Reisespeck an. Die Geschwindigkeit dieser Jäger erstaunte ihn immer wieder aufs Neue. Herunten knüpfte zwischen den Ästen des Gebüsches eine Spinne ihr Netz, immer wieder unterbrochen vom einen oder anderen Insekt, das sich im noch unfertigen klebrigen Gewebe verfing. Pfeilartig schoss die Spinne sofort darauf zu, webte es traumwandlerisch in einen Kokon und ging weiter ihrer Präzisionsarbeit des Netzbaus nach. Drüben huschte eine Ratte an der Wand entlang und verschwand ums Eck. Hyänen und Ratten kommen immer wieder dorthin zurück, wo sie schon einmal etwas gefunden haben, dachte er sich.

•

Ratten kommen immer wieder dorthin zurück … echote der Gedanke durch seinen Kopf, und unwillkürlich dachte er an Peer Strand. Eigentlich untypisch, dass dieser noch nicht wieder aufgetaucht war. Er würde sein Glück ganz sicher noch einmal in dieser Schublade suchen.

Nach und nach tauchte Frenzel in die Nacht, und die Dunkelheit nahm ihn auf. In regelmäßigen Abständen tönte über die Dächer der Häuser der Stundenschlag einer Kirchturmuhr herüber, und ab und zu bildete ein beschleunigendes Auto oder Motorrad eine Spitze auf dem Geräuschteppich der Stadt. Irgendwann stöckelte eine späte Frau den Gehsteig entlang und verschwand drüben zwischen den Häusern, ihre harten Schritte auf dem Trottoir hallten von den Hauswänden wider, verebbten langsam, dann war wieder Ruhe. Die Nacht versuchte sich trotz der Stadt in Stille – und irgendwann vernahm Frenzel ein leises, wie sich selbst beschwörendes oder gut zuredendes Wispern oder Flüstern, das näher kam. Dann machte es leise Klick.

Klick.

Klick.

Klick.

Er musste nicht überlegen, er wusste sofort, was es war: Wie die Hyänen und die Ratte kam auch er zurück, tatsächlich. Peer Strand. Knipste mit einem kleinen Seitenschneider Drahtschlinge um Drahtschlinge auf, um sich einen Durchschlupf zu schaffen mit dem wahrscheinlichen Ziel, erneut die Schublade zu plündern.

Frenzel verharrte ruhig an seinem Platz und ließ es geschehen. Er wusste schon, was er tun würde.

Es dauerte ein paar Minuten, bis Peer genügend Maschen aufgezwickt hatte, dass er den Zaun auseinanderbiegen und hindurchschlüpfen konnte. Schon stand er geduckt auf dem Gelände und sah sich um. Offenbar war er nüchtern. Nirgendwo Licht. An den Wänden der niedrigen Hallen entlang schlich er zum Pförtnerhaus.

Kaum war er außer Sicht, huschte Frenzel hinüber und zog die Maschen mit Draht wieder zusammen. Zwei Minuten später war er zurück auf seinem Stuhl. Drinnen in der Schublade lagen etwas über dreihundert Euro. Zu wenig für Peer, denn der ließ sich Zeit, durchsuchte wahrscheinlich längst auch die anderen Schränke und Schubladen. Fühlte sich sicher. Wenn er Geld witterte, konnte er nie genug kriegen. Schließlich kam er zurück, schlich in der Dunkelheit ums Eck, brabbelte unzufrieden vor sich hin und wollte wieder dort hinaus, wo er hereingekommen war.

Verwundert tastete er sich am Zaun entlang, rüttelte vorsichtig an den Maschen.

Überlegte. Schien langsam zu kapieren.

Frenzel?

Der schwieg.

Frenzel? Das ist doch dein Werk, oder? Wo steckst du denn?

Peer Strand!

Äh … ja.

Kannst du mir sagen, was du hier …

Schweigen.

Raus mit der Sprache. Was hast du hier zu suchen?

Äh … Peer grinste.

Frenzel konnte nicht durchgehen lassen, dass er ihn zweimal beklaut, seine Gastfreundschaft mit Füßen getreten hatte. Er erhob sich von seinem Stuhl und ging auf ihn zu. Peer stand mit dem Rücken am Zaun. Frenzel hielt die Hand auf, machte mit der anderen eine fordernde Geste. Die dreihundert Euro.

Peer kramte in seiner Tasche, holte ein paar Scheine heraus, übergab sie ihm.

Frenzel zählte nach. Dreihundert, hab ich gesagt, nicht zweihundert.

Peer zuckte mit den Schultern, zeigte seine offenen Handflächen. Mehr hab ich nicht.

Sorry. Frenzel jagte ihm das Knie ins Gemächt, gefolgt von einem Aufwärtshaken unters Kinn. Peers Kopf schlug zurück, er ging vor Schmerz in die Knie, stöhnte auf. Frenzel forderte weiter. Die fehlenden hundert.

Peer griff noch einmal in die Tasche und zog die Scheine heraus.

Na also.

Peer versuchte ein Grinsen, als wäre alles gut. Der Typ konnte nicht anders.

Und die sechshundert vom ersten Mal?

Ich … nein …

Frenzel packte ihn am Hemd, zerrte ihn vom Zaun weg und schleuderte ihn gegen die Wand. Peer strauchelte, schlug mit dem Kopf gegen den Stein, begann zu bluten. Frenzel zog ihn hoch, lehnte ihn gegen die Wand, ohrfeigte ihn rechts, links je einmal mit der flachen Hand und ließ noch einmal das Knie folgen. Peer sackte in sich zusammen.

Du weißt, dass ich dich mag. Aber ich kann's nicht leiden, wenn man mich bestiehlt. Und meine Gastfreundschaft missbraucht. Verstanden?

Ich …

Halt die Klappe und lüg mir keine Ausreden vor. Was sollte er bloß mit diesem Typen machen? Er packte ihn, zog ihn erneut hoch und stieß ihn Richtung Tor. Peer stolperte ein paar Schritte und schlug der Länge nach hin.

Frenzel trat zu ihm. Raus! Und lass dich hier nicht mehr blicken! Er sperrte das Tor auf, öffnete einen Flügel. Peer lag noch immer am Boden. Frenzel packte ihn, schleifte ihn die paar Meter hinüber und warf ihn hinaus auf den Gehsteig. Im selben Moment sah er drüben eine Gestalt, die sich ins Dunkel drückte. Charly. Wie lange hatte der schon da gestanden? Hatte er die ganze Szene gesehen? Warum trieb er sich überhaupt hier mitten in der Nacht herum?

Frenzel tat so, als hätte er nichts bemerkt, verschloss das Tor und zog sich zurück in den Schatten auf seinen Stuhl. Er pumpte, musste sich erst wieder beruhigen.

•

Zwei Tage später, am Montagvormittag, lehnte er die Leiter an Gabis Villa, entfernte das demolierte Fallrohr und klopfte erst einmal den lockeren Putz ab. In Fladen fiel er hinunter aufs Pflaster und staubte. Irgendwas am Häuserblock gegenüber irritierte ihn. Während er mit dem Hammer auf der Leiter stand, warf er ab und zu einen Blick hinüber. Es dauerte, bis er kapierte, was es war: Auf dem gemauerten Geländer der Dachterrasse links stand ein massiver Bananenkarton. Wer stellt nur so was so aufs Geländer, dachte er, es braucht doch nur einen Windstoß … Da verstand er schlagartig, warum dieser Karton dort oben stand. Er schlug noch ein wenig weiter an dem Putz herum und beobachtete den Karton, legte schließlich das Werkzeug beiseite. Machte eine Pause. Verließ im Sichtschatten der Villa das Gelände, lief ums Karree, klingelte bei der Zahnarztpraxis im ersten Stock und schlüpfte, als der Summer ertönte, ins Haus.

Vierter Stock links. Er klingelte. Eine Frau machte ihm auf. Ich muss mal schnell zu den Kollegen.

Sie ließ ihn ein. Hinten die Türe links.

Er trat hinaus auf die Terrasse. Schoss sofort ein Handybild. Ja, sagen Sie mal, was ist denn das für eine jämmerliche Pfadfinderaktion? Observation durch einen Bananenkarton?

Ein erst überraschter, dann hochrot anlaufender Kopf kroch unter dem Kartondeckel hervor und drehte sich zu ihm um.

Frenzel war bis zum Anschlag geladen. Ich sag Ihnen mal was: Observationen durch die Polizei sind nur zum Zweck der Strafverfolgung. Paragraf sowieso. Würden Sie mir bitte sagen, um welche Straftat es dabei geht? Immerhin observieren Sie mich schon seit heute früh.

Ich glaube nicht, dass ich Ihnen Auskunft geben muss.

Ich glaube schon, immerhin dringen Sie durch das, was Sie hier tun, in meine Privatsphäre ein.

Wie kommen Sie eigentlich hierher? Der Zivile wollte anscheinend zum Gegenangriff übergehen.

Treppe hoch, klingeln, so einfach. Aber Sie beantworten meine Frage nicht. Zur Aufklärung für Sie vielleicht noch das: Die planmäßig angelegte Beobachtung einer Person darf meines Wissens nur der Leiter einer *Bundes*polizeibehörde oder dessen Vertreter anordnen. Könnte ich diese Anordnung bitte einmal sehen? Und klären Sie mich bitte auf, falls es diese Anordnung nicht gibt: Handeln Sie hier eigenmächtig und ohne Anweisung? Frenzel blufte. Eigentlich wusste er das nur so ungefähr. Aber der Zivile hatte auch nicht mehr Ahnung.

Äh …

Herr Frenzel, antwortete ihm ein Zweiter, der gerade aus der Wohnung trat, jetzt machen Sie mal halblang. Immerhin sind Sie kein unbeschriebenes Blatt. Sie sind vorbestraft und ein entlassener Strafgefangener.

Aha, daher wehte der Wind. Nein, liebe Staatsgewalt, ich bin ein freier Bürger wie jeder andere auch. Oder haben Sie etwas gegen mich in der Hand?

Sie haben mehrmals die Stadt gewechselt …

Und? Ist das verboten?

Sie sind während der gesamten Zeit noch nie einer geregelten Tätigkeit nachgegangen …

Na und? Muss ich das? Ich liege niemandem auf der Tasche, beziehe keine Stütze, nichts.

Sie leihen sich große Autos … Das alles macht Sie für uns verdächtig, sagte er andere. So ganz ohne Einkommen.

Frenzel kochte. Offenbar wurde er ständig überwacht. Immerhin: Die Banken hatten sichtlich keine Auskünfte gegeben. Er schnaufte durch, musste sich beherrschen, den Puls runterfahren. Wissen Sie, was ich vermute? Eine ganz billige Racheaktion eurer Zunft für die beiden Kollegen gestern, die schamlos Hausfriedensbruch begangen haben.

Herr Frenzel!

Trotz der Schärfe des Tons konnte Frenzel sich ein Grinsen nicht verkneifen. Welche Straftat werfen Sie mir vor?

Wir sind Ihnen gegenüber zu keinerlei Auskunft verpflichtet.

Abbruch, sagte der andere, keine Auskünfte mehr, keine Diskussionen.

Frenzel zückte sein Handy und schoss drei, vier Bilder. Die Beamten protestierten, verlangten, dass er die Bilder löscht. Er wandte sich um und ging. Es machte keinen Sinn, sich zu ärgern, noch weniger, die Beamten auf ihr unrechtmäßiges Tun hinzuweisen.

Polizeiliches Handeln ist nachgewiesenermaßen ziemlich oft unrechtmäßig, unverhältnismäßig, willkürlich oder gar menschenrechtswidrig. Hatte er von Amnesty International, war also seriöse Info. Sechzehnhundert bis zweitausend Anzeigen gegen polizeiliches Handeln gab es pro Jahr allein in Deutschland. Und? Nur zwei bis drei Prozent davon führen überhaupt zu einer Anklage, weit über dreiundneunzig Prozent der Verfahren werden eingestellt. Weil die PolizistInnen unschuldig sind? Nein, weil die Polizei in fast allen Fällen die Ermittlungsverfahren selber durchführt. Kann ja nichts Unabhängiges bei rauskommen.

Muss man mit leben.

•

Er kehrte zurück und rührte den Fassadenputz an. Klatschte ihn an die Wand, rieb, nachdem er angezogen hatte, die Fläche und die Übergänge glatt, sägte das neue Fallrohr zurecht, steckte die Stücke zusammen, klemmte sie in die alten Schellen, die noch zu gebrauchen waren, und zog die Schrauben an. Der Karton von der Dachterrasse gegenüber war verschwunden. Immerhin.

Im nächsten Leben würde er Polizist.

Oder lieber nicht.

•

Sollte er vielleicht diese Stadt wieder verlassen, nach wenigen Wochen nur? Nein, sicher nicht. Es würde ihm überall ganz genauso ergehen. Und so gut getroffen wie hier mit der alten *Gusa* hatte er es noch nie.

•

Am Dienstag war Begräbnis. Beerdigung von Walli und Hanno. Der Friedhof war schwarz vor Menschen, die halbe Uni schien hier. Fast nur junge Menschen. Sie traf der Tod von Altersgenossen immer besonders hart. Er war so unbegreiflich. Und dieser hier war nicht nur tragisch, sondern auch – eigentlich – dumm. So vermeidbar. Es war herzzerreißend. Alle weinten, viele umarmten sich, stützten sich, gaben sich gegenseitig Halt. Zwei von ihnen waren weg. Nicht mehr da. Und würden nie wieder zurückkommen. Die unbegreifliche Nacht des Todes.

Frenzel hielt sich abseits. Manchmal nickte ihm einer zu, schweigend und mit ernster Miene oder verheulten Augen. Viele machten Fotos mit ihren Handys, und so fiel Frenzel nicht auf, als er auch fotografierte. Er hielt die Menge im Bild fest, entdeckte Thorsten und Charly, die ebenso abseits standen, sich im Hintergrund hielten, und zoomte sie sich heran: Thorsten drüben unter den Bäumen, Charly zwischen anderen bei der Aussegnungshalle.

Er wartete nicht bis zum Schluss, hörte sich auch nicht die Trauerreden an, nicht die Musik, die Gleichaltrige machten. Es waren ihm einfach zu viele Menschen hier.

Der Verdacht einer Kohlenmonoxidvergiftung hatte sich bestätigt, eindeutig. Wahrscheinlich, so vermutete man, hatten sie ungestört eine romantische Nacht verbringen wollen. Warum hätten sie sonst so weit hinausfahren sollen, abseits von allem? Man hatte im Bulli ja auch eine leere Weinflasche gefunden. Sich langsam in Stimmung trinken … Oder vielleicht hatten sie auch nur den Geräuschen des Waldes lauschen wollen. Immerhin hatte man sie vollkommen bekleidet vorgefunden und auch das Buch *Das geheime Leben der Bäume*.

•

Das *Gadda* war am Abend erschreckend leer. Frenzel bestellte sich Pizza und nahm an »seinem« Tisch Platz. Er würde heute Abend ganz sicher allein bleiben.

Als Nick die Pizza brachte, setzte er sich kurz mit dazu. Sah Frenzel in die Augen, schüttelte den Kopf. Wird viel gestorben in der letzten Zeit.

Frenzel nickte. Erst Wallis Vater, dann Jimmy, jetzt Walli und Hanno. Könnte langsam mal wieder abreißen, die Serie.

Und Ingrid.

Frenzel kapierte erst gar nicht, was Nick meinte. Dann sah er ihn an. Ingrid?

Ja, haben sie vorhin erzählt. Ingrid hat sich umgebracht. Aufgehängt.

In Regensburg?

In Regensburg, ja.

Scheiße. Wann? Jetzt erst?

Nick schüttelte den Kopf. Nein, ist wohl schon ein paar Tage her. Man hat die Wohnung aufgebrochen, weil sich eine Freundin und Kollegin Sorgen gemacht hatte. Da hat man sie gefunden. Mit einem Abschiedsbrief. *Ich gehe jetzt. Ich halte das alles nicht mehr aus.*

Das heißt, sie war vielleicht schon tot, als Walli zu ihr wollte? Nick schwieg.

Dann war sie, dachte er, wahrscheinlich auch schon tot, als ich bei ihr geklingelt hab. Er schob das Brett mit der Pizza von sich. Sorry, die kann ich nicht mehr essen.

Verstehe. Soll ich sie dir einpacken?

Nee, lass mal. Ich kann sie daheim auch nicht essen. Lass mich zahlen, ich geh dann.

Passt schon, geht aufs Haus.

Danke. Er legte seine Hand kurz auf Nicks, dann verließ er das *Gadda*, während Eric Burdon seinen hypnotisierenden Hitzetraum

Spill the Wine aus den Boxen sprechgesangte. *I was once out strolling one very hot summer's day, When I thought I'd lay myself down to rest, In a big field of tall grass* … Wie lange hatte er diese Lieder nicht mehr gehört. Und wie ungebremst fuhr ihm der Sound sofort wieder unter die Haut.

•

Auf dem Heimweg kam er am Container vorbei. Dachte an den Jungen, den er nicht gekannt hatte, und blieb nachdenklich stehen. Hier hatte vor wenigen Tagen ein Leben geendet …

Nichts am Container deutete darauf hin.

An so einer banalen Klappe …

Er trat etwas näher heran. Die Klappe war ziemlich hoch oben. Wie war der Junge dort hinaufgekommen? Erstaunlich, der Griff der Klappe befand sich auf seiner Kopfhöhe, und Jimmy soll nicht sehr groß gewesen sein. Frenzel leuchtete mit dem Handy die Frontseite ab, vielleicht gab es ja noch Schleif- oder Abrutschspuren der Schuhe des Jungen.

Nichts.

Ob sie den Container gereinigt hatten? Sicherlich, allein schon aus Gründen der Pietät.

Trotzdem: Wie war der Junge dort hinaufgekommen? Hatte diese Frage denn niemand gestellt?

Frenzel ging den Weg durch die Nacht zurück, den Jimmy gekommen sein musste, bis hin zum Hotel. Ließ seine Blicke streifen. Erst dann ging er heim.

•

Der Juwelier Wimczek, ein älterer Herr, sah Frenzel misstrauisch an, sein Blick sprang sichtbar auf »Hab Acht!«. Klassische Kundschaft von Juwelierläden sah anders aus. Frenzel ließ sich nicht irritieren, kannte das, grüßte freundlich und legte gleich mal seinen Ausweis auf den Tresen.

Sie haben recht, ich bin nicht hier, um etwas zu kaufen. Ich möchte etwas ganz anderes.

Der Juwelier machte einen Schritt zurück, tastete mit der Hand vorsichtshalber schon mal nach dem Alarmknopf unterm Tresen. Ja?

Mein Anliegen ist vielleicht etwas ungewöhnlich.

Hm.

Sie haben doch sicher von dem Jungen gehört, der letzthin nachts in dem Altkleidercontainer erstickt ist.

Blöder Unfall, ja. Und tragisch. Er nickte voll gespielter Anteilnahme.

Und … Sie haben doch die Kamera draußen.

Ja?

Ich würde mir gerne einmal die Aufnahmen dieser Nacht ansehen, wenn das möglich wäre.

Wozu?

Vielleicht hat die Kamera ja den Jugendlichen erfasst.

Lag das denn auf seinem Weg?

Wenn er vom Hotel gekommen ist, so wie es in der Zeitung stand, ja, gut möglich.

Ich weiß nicht … Der Juwelier überlegte, aber seine Neugier schien geweckt. Was interessiert Sie an diesen Aufnahmen, wenn ich fragen darf?

Frenzel legte wie beiläufig einen Hunderter auf den Tresen. Es könnten die letzten Aufnahmen aus dem Leben des Jugendlichen sein.

Wie gesagt, ich weiß nicht …

Nur die etwa zweieinhalb Stunden zwischen halb zwei und vielleicht vier.

Unschlüssiges Schweigen.

Das ist doch nichts Unsittliches. Ich würde die Aufnahmen gern seiner Mutter geben. Was für eine blöde Begründung.

Der Juwelier blieb skeptisch, fragte aber nicht nach. Sie dürfen sich auch gerne meinen Ausweis kopieren. Ich wohne übrigens nur drei Straßen weiter auf dem Gelände der alten *Gusa*.

Ach.

Ein zweiter, ebenso beiläufig dazugelegter Grüner schließlich entfaltete die gewünschte Wirkung.

Ja wissen Sie … aber … na ja, kommen Sie. Der Juwelier sperrte die Ladentür ab. Wir werden übrigens, nur dass Ihnen das klar ist, auch hier die ganze Zeit gefilmt. Er deutete auf zwei Kameras in den Ecken oben links und rechts. Führte Frenzel nach hinten. Das war in der Nacht zum Freitag, wenn ich mich recht entsinne. Ab wann ungefähr?

Ab halb zwei. Ein Schnelldurchlauf würde mir fürs Erste reichen.

Die Schwarz-Weiß-Bilder liefen los. Ein leerer Gehsteig, ein Auto fuhr vorbei, wieder der leere Gehsteig. Nächtliche Trostlosigkeit einer Kleinstadt.

Halt, stopp, ist er das nicht? Da haben wir ihn doch schon, ja, das muss er sein! Noch mal zurück, bitte, auf ein Uhr neunundvierzig, und dann langsam. Frenzel filmte mit seinem Smartphone.

Brauchen Sie länger?

Weiß nicht, drei, vier Minuten, vielleicht mehr.

Ich müsste nämlich nach vorne. Wimczek kehrte zurück in den Laden, klapperte mit irgendwas. Frenzel hing am Bildschirm. Er glaubte nicht, was er da sah.

Als Wimczek wieder zurückkam, sah er auf dem Bildschirm die leere nächtliche Straße. Haben Sie gefunden, wonach Sie gesucht haben?

Ich weiß es noch nicht, aber ich denke schon. Vielen Dank auf jeden Fall, Herr Wimzcek, fürs Erste war es das auch schon.

Wimczek sagte nichts. Er begleitete Frenzel wieder nach vorne, sperrte den Laden auf und ließ ihn hinaus. Irgendwie konnte er die Aktion nicht einordnen, die zwei Hunderter aber steckte er ein.

Zwei Stunden lang quälte er sich, dann wählte er die Nummer der Polizei.

•

Wieder und wieder sah sich Frenzel die Aufnahmen an. Der Junge darauf war nicht allein, er hatte einen Begleiter. Doch was sagte das aus? War der Begleiter mit bis zum Container gegangen? War er dabei gewesen, als Jimmy starb? Sicher nicht, sonst hätte er ihm ja geholfen.

Oder hat er ihm geholfen?

Frenzel dachte an die nicht vorhandenen Schleif- und Abrutschspuren. Und ihm dann nicht mehr aus der Klappe helfen können, weil das fast nicht mehr möglich ist, wenn man sich erst einmal darin verhakt hat … und ihn dann sterben lassen. Ist einfach abgehauen, wahrscheinlich in Panik.

So machte das Sinn.

Oder hat er ihn absichtlich …?

Frenzel konnte nur spekulieren.

Er sah hinaus in die Nacht. Sollte er mit der Aufnahme zur Polizei? Was würden die sagen?

Nein, er würde nicht zur Polizei gehen, was für eine absurde Idee. Er würde sich selbst darum kümmern.

•

Wie könnte er herauskriegen, wer die zweite Person war? Keine Ahnung. Was ging ihn das eigentlich alles an? Er holte sich ein Glas Wasser, machte das Licht aus. Er saß gern im Dunkeln.

•

Seine Gedanken wanderten zu Hanno und Walli. Etwas störte ihn an der Version mit der Heizung. Einfach, diese Erklärung, ja, auch plausibel. Aber nicht passend für die zwei. War sein Gefühl. Vielleicht müsste er sich den Bus einmal ansehen. Und noch mal zurück an den Autohof Hienberg. Schaden konnte es nicht.

Er dachte an Jimmy, die Aufnahmen ließen ihm keine Ruhe. Er sah auf die Uhr. Dreiviertel drei. Er überlegte, rechnete. Sidney war zehn Stunden voraus, also war es dort jetzt dreiviertel eins mittags. Vielleicht konnte ihm Roger helfen. Er wählte.

Hello? Es hatte kaum zwei Mal geklingelt.

Roger? Frenzel hier, aus Deutschland. Der Freund von Klaus Lofting, du erinnerst dich?

Roger hieß nicht Roger, aber das spielte keine Rolle. Er sprach fünf Sprachen fließend und drei weitere so lala. Frenzel hatte ihn noch nie gesehen, aber schon mal mit ihm telefoniert. Für Klaus. Nur deshalb durfte er ihn auch anrufen. Klaus war sein Entrée, und Frenzel hatte ihn damals gefragt. Roger war ein wilder Vogel. Israeli, inzwischen locker über sechzig und früher mal beim Geheimdienst. Klaus Lofting war eine Bekanntschaft aus dem Knast. Urkundenfälschung. Roger, hatte der gesagt, hat für alles eine Lösung, oder jemanden, der eine hat. Du brauchst nur einen Opener und das nötige Kleingeld. Klaus war für Frenzel der Opener. Aber du musst wissen: Roger kostet.

Hallo, Frenzel, klar erinnere ich mich. Wie geht es Klaus?

Keine Ahnung, lange nicht gesehen.

Okay. Du brauchst etwas?

Frenzel schilderte den Fall Jimmy. Container, Tod, die Aufnahmen der Juwelierskamera. Dumm nur: Die Bilder sind nicht scharf, es ist nachts, und der Typ ist schwer zu erkennen. Kannst du aus den Aufnahmen was machen? Vielleicht sogar Porträts?

Roger überlegte kurz. Ich nicht, aber ich kenn vielleicht jemanden. Der braucht dazu aber eine mindestens fünfzehnsekündige Sequenz.

Hab ich.

Dann schick sie mir. Roger nannte ihm eine Mailadresse. Keinen Namen dazu, keinen Kommentar, nicht von deinem Rechner. Geh in ein Café nicht in deiner Stadt, verstanden?

Verstanden. Und dann?

Mein Kontakt hat ein Programm, das aus Sequenzen unscharfer Bilder zwei, drei scharfe errechnet, gestaffelt nach Wahrscheinlichkeit. Wird aber nicht billig. Und geht nicht über Nacht.

Wie viel?

Fünf für mich, zehn für den anderen.

Okay. Und wie lange?

Ich melde mich.

·

Das Rindswurst? Der Lkw-Fahrer deutete auf die Walzen, auf denen sich die Hotdogs drehten.

Der Typ an der Kasse schüttelte den Kopf. Schwein.

Du Rindswurst hier?

Nee, hier ist alles aus Schwein. Der Kassierer zeigte auf den Automaten mit den Sandwiches. Kannst du nehmen Hühnchen, Käse, Ei, alles nix Schwein. Er kannte diese Fragen schon. Als gläubiger Muslim bist du in Franken aufgeschmissen, Rindswurst gibt es hier nicht. Verständnislos inspizierte der Fahrer die Automaten.

Jetzt sah der Tankwart Frenzel an. Du warst doch letzthin erst da, oder? Er dachte kurz nach. Hast dir hinten die Aufnahmen angesehen, stimmt's?

Frenzel nickte.

Der Tankwart blinzelte ihm zu und sagte mit einer Kopfbewegung hin zum Fernfahrer am Automaten, halblaut: Haben wir denen früher immer als Rindswurst verkauft. Grinste wie zu einem Komplizen. Was brauchst du denn?

Ich müsste mal alle sprechen, die an dem Tag da waren.

An dem Tag, von dem du dir die Aufnahmen angeschaut hast?

Ja.

Der Typ schob seine Mütze zurück, zog eine Schublade auf und erwartete mit einem Seitenblick schon sein Bakschisch. Holte eine abgegriffene Kladde heraus, schlug sie auf. Unser Dienstplan. Das war, warte mal, Anfang letzter Woche, oder?

Vormittags. So gegen zehn, halb elf, elf.

Er blätterte zurück, fuhr mit dem Finger über speckige Seiten. Ist zwar auch alles im Rechner, ich hab's aber lieber analog. In der Nacht waren wir zu dritt. Der Horst, der Hansi und ich. Ja, jetzt erinnere ich mich wieder. Er sah auf die Uhr, dann Frenzel an. Da hast du Glück. Der Hansi ist da, der Horst kommt in zwanzig Minuten zur Spätschicht – und ich bin auch da.

Frenzel hatte den Hunderter schon in der Hand.

Um was geht's denn?

Um die kaputte Kamera.

Lass mich mal schnell kassieren.

Frenzel machte Platz für einen Typen im Maßanzug, der seine Karte rüberreichte.

Achtundsiebzig sechsundachtzig.

Mach fünfundachtzig.

Sehr großzügig, danke. Und die Geheimzahl noch, bitte. Quittung?

Ja, bitte. Dann war der Typ weg. Draußen fuhr ein auffällig unauffälliger BMW auffällig langsam an Frenzels Leihwagen vorbei. Ein Durchtrainierter mit kurz gestutztem Bart sah heraus, sprach mit dem neben sich. Getönte Scheiben, nichts zu erkennen. Nickte, stellte sich schräg vor Frenzels Wagen, parkte ihn zu. Beide stiegen aus, sahen sich um. Kraftvoll und durchtrainiert, unauffällig salopp und modern auf leger gestylt.

Kaputte Kamera? Du meinst da hinten, wo die Garage steht mit den Containern?

Frenzel nickte. Warum wurde die Kamera nicht repariert?

Der Tankwart zuckte mit den Schultern. Ist in der Mache, aber da gibt's keine große Eile. Weil erstens ist da eine Sackgasse, zweitens kein Kundenbereich, drittens stehen da ja eh nur Müllcontainer, und viertens ist da noch das große Schild *Zufahrt verboten. Nur für Betriebspersonal.* Und mal ganz ehrlich: Wer will sich schon an die Container stellen? Da liegt doch nur Dreck herum, und es stinkt.

Der Lkw-Fahrer hatte sich inzwischen ein Eiersandwich aus dem Automaten gezogen, aus dem Plastik gepult und biss herzhaft hinein.

Weißt du, ob an dem Tag da jemand gestanden hat? Hast du was gesehen?

Nee, ich war ja hier an der Kasse, musst du auf den Horst warten. Aber ich kann mal den Hansi holen, vielleicht weiß der was. Er betätigte ein piepserähnliches Gerät. Hansi? Wo steckst du denn?

Quäken, Krachen, Krächzen, Rauschen. Ein Genie, wer hier etwas verstand.

Komm doch mal kurz rüber, ich hab hier einen, der hat ein paar Fragen. Er steckte das Gerät weg. Ist in zwei Minuten da.

Die beiden Männer aus dem BMW kamen rein. Mitte dreißig, sahen sich um, den Tankwart an, dann Frenzel. Is n Mietwagen, der da draußen.

Der Siebener?

Ja. Ihrer?

Frenzel nickte. Er ahnte schon, was kommen würde.

Einer der beiden Hereingekommenen schnupperte demonstrativ. Ich riech was. Riechst du's auch?

Der andere schnupperte ebenfalls, hielt die Nase in den Raum, grinste dann breit. Ja, ich riech's auch.

Und?

Riecht verdammt nach Knast.

Die beiden fixierten Frenzel. Können wir mal Ihre Papiere sehen? Auch die des Wagens? Der Ton war ein klarer Befehl, keine Frage, kein Bitte.

Frenzel schüttelte den Kopf. Warum sollte ich?

Der eine machte einen Schritt auf ihn zu, hielt ihm die offene Hand entgegen, fordernd. Papiere, Polizei!

Frenzel blieb ruhig, wollte nicht eskalieren, kannte seine Rechte. Wenn Sie sich bitte ausweisen würden? Sie könnten ja jeder sein, und eine Mütze haben Sie auch nicht auf.

Der Zweite hielt ihm kurz etwas unter die Nase, steckte es wieder ein. So, jetzt die Papiere, aber hopp!

Frenzel sah den Tankwart an. Du bist mein Zeuge, und ich hoffe, die Kameras sind auch an: Erst wenn sich einer dieser beiden Herren für mich sicht- und erkennbar als Polizist ausweist, muss ich Folge leisten. Und werde das auch. Das aber ist bisher noch nicht geschehen. Wenn ich Sie also bitten darf?

Die beiden hatten sich umgesehen und die Kameras gesucht. Sie gefunden. Und gaben klein bei. Scheinbar. Der eine wies sich erneut aus, demonstrativ so, dass es die Kamera erfassen und Frenzel den Ausweis erkennen konnte. Steckte ihn wieder ein. Rüber an den Automaten! Hände auf die Truhe, Beine auseinander!

Frenzel machte die zwei Schritte hinüber zur Kühltruhe, leistete Folge.

Keine Bewegung! Der eine tastete ihn ab. Arme, Oberkörper, Taschen, Gemächt, Hosenbeine. Wo sind die Papiere?

Gesäßtasche rechts.

Der Zivile fummelte die Brieftasche heraus. Verdammt viel Geld da drin! Zeigte dem anderen die Hunderter. Wo kommen die her?

Ist mein Geld.

Das beantwortet die Frage nicht.

Frenzel blickte zur Kasse. Die Kamera läuft?

Läuft.

Kopf zur Wand! Das Spiel ging erst los.

Haben Sie getrunken?

Seit zwölf Jahren nicht.

Komisch, aber Sie riechen.

Die Unterstellung war dreist, aber kam immer mal wieder. Gehörte wohl zum Programm.

Weiß nicht, was Sie riechen. Sich selbst vielleicht? Das konnte er sich nicht verkneifen.

Nicht unverschämt werden, Freundchen. Wir werden draußen gleich mal blasen. Was haben wir denn für einen?

Der Kollege schaute in sein Handy. Frenzel. Neun Jahre. Totschlag. Das sagte er vor allen, auch Hansi war inzwischen aufgetaucht. War ungesetzlich. Verletzung der Persönlichkeitsrechte.

Die Kamera läuft? Frenzel musste die Frage wiederholen, denn wenn bei den Typen mal das Programm lief, waren sie kaum zu stoppen.

Kamera läuft.

Auch mit Ton?

Auch mit Ton.

Und was treiben wir hier so? Welche Geschäfte machen wir denn an der Autobahn? Vielleicht dealen? Oder Hehlerei?

Keinerlei Geschäfte.

Vielleicht irgendwas im Auto? Werden wir gleich sehen. Die Fahrzeugpapiere fehlen noch. Und zum Kollegen: Fährt so n Knacki nen dicken Siebener spazieren. Leihwagen, tss. Und nen Haufen Bargeld dabei. Das stinkt doch, da ist doch irgendwas faul.

Die Papiere sind im Handschuhfach, der Wagen ist offen. Bei »Handschuhfach« musste er an Dick denken, an den Rasthof im Spessart.

Sie ließen ihn blasen, durchsuchten den Wagen, fanden nichts, aber rächten sich für Frenzels Rechthaberei. Irgendwann aber mussten sie ihn ziehen lassen, Frenzel war sauber. Aber ihr Ehrgefühl angeknackst.

Irgendwann … drohten sie vage, dann machten sie sich davon.

Wenn du mal gesessen hast, passiert dir das immer wieder. Der Tankwart nickte, als ob er wüsste, wovon Frenzel sprach, Kollege Hans ebenso. Ist nicht das erste Mal, dass sich die zwei aufspielen. Sind schon dafür bekannt, aber was sollen wir tun. Er machte eine Pause. Manchmal aber haben sie auch den richtigen Riecher. Du wolltest etwas von mir wissen?

Frenzel setzte ihn ins Bild. Erzählte von dem fraglichen Tag und dem Bereich dort im toten Bereich. Hans konnte sich an nichts erinnern. Musst du auf Horst warten, der hat sich darum gekümmert. Wann kommt denn der Horst, Lucki? Lucki war der Mann an der Kasse.

Müsste eigentlich längst da sein – und schau, wenn man den Teufel nennt, kommt er g'rennt. Oft wiederholtes Lachen. Ein weiterer zirka Vierzigjähriger kam, etwas gehetzt, durch die Glastür. Sorry, Leute, aber die Scheißkiste ist wieder mal nicht angesprungen.

Wie wär's mal mit nem neuen Anlasser?

Ha, ha, ist aber nicht der Anlasser. Ist Kondenswasser im Zündverteiler, alte Krankheit meines alten Fords. Muss ich dann immer aufmachen, trockenföhnen, dann geht's wieder.

Vielleicht mal abdichten?

Schön, wenn man Kollegen hat, die immer etwas wissen und einem das aufs Brot schmieren. Als wenn man selber blöd wäre. Was steht ihr eigentlich alle hier rum? Gibt's wohl nichts zu tun? Gemeinsames Lachen, gute Kameradschaft, burschikose Umgangsart alter Freunde und Kollegen. Wir haben auf dich gewartet, genauer gesagt der da. Lucki deutete auf Frenzel. Der hat uns auch schon gut unterhalten, zusammen mit unseren beiden Zivilen.

Dem Trebitz und dem Feulner?

Ja, die haben ihn ganz schön beschäftigt.

Aber er sie auch. Hat sie zum Teil ganz schön auflaufen lassen.

Gut so. Schon hatte Frenzel bei Horst Respekt. Um was geht es denn?

Frenzel erklärte es ihm.

Ja, das waren zwei, ein Älterer und ein Jüngerer. Mit zwei Autos, einem Passat und einem VW-Bus. Standen dort fast zwei Stunden. Der Bus direkt bei den Containern, der verranzte Passat auf der anderen Seite, also jenseits des Grasstreifens.

Und was haben die da gemacht?

Gewartet. Geplaudert, telefoniert, im Gras gesessen, geraucht … Für mich sah es aus, als ob sie auf jemanden warteten. Bis das Mädel kam, dann sind sie alle los.

Hast du mit ihnen gesprochen?

Nein, warum hätte ich?

Hattest du das Gefühl, dass sie sich absichtlich dort im toten Bereich aufgehalten haben?

Horst dachte einen Moment nach. So hab ich das noch gar nicht gesehen. Aber wenn du mich so fragst, das kann schon sein. Halte ich aber für weit hergeholt, die standen halt da.

Könntest du mir die zwei Männer beschreiben?

Hm, na ja. Der eine war, wie gesagt, schon etwas älter. Würde sagen, wie ein gealterter Schlagersänger. Er lachte. Also wie so einer von denen, die früher mal bekannt und erfolgreich waren und jetzt durch die Möbelhäuser tingeln. Weiß nicht, ob du verstehst, was ich meine. Einer, bei dem man das Gefühl hat, er hat mal ziemlich gut ausgesehen – aber jetzt ist er verlebt, aufgeschwemmt, vom schönen Gesicht ist nicht mehr viel übrig, nur die Haare föhnt er sich noch so wie früher. Eigentlich zu bemitleiden, solche Typen, aber ich kann mich auch täuschen. Mir kam er auf jeden Fall so vor.

Würde auf Thorsten passen. Frenzels Puls war spürbar nach oben geschnellt. Und der andere war jünger?

Ja, das war eher so ein Farbloser, so würde ich ihn beschreiben. Vielleicht eins achtzig, dunkle Haare, sauber gescheitelt, irgendwie unauffällig.

Das war bestimmt Hanno, der seine Freundin abholte. Mit seinem Bus. Frenzel kramte sein Handy hervor und suchte die Fotos von der Beerdigung. Zoomte Charly heran. Zeigte Horst das Bild.

Nee, der sicher nicht.

Frenzel scrollte durch die Fotos, zoomte Thorsten heran. Und der?

Yep, das ist der abgehalfterte Schlagersänger, hundert Prozent.

Frenzel zeigte ihm ein Foto von Hanno.

Ja, das ist der Jüngere. Aber sag mal, warum interessiert dich das eigentlich alles? Haben die irgendwas angestellt?

Frenzel sah ihn an. Hast du von den zwei Studenten gelesen, die im Wald an der Pegnitz in ihrem Bus übernachtet haben und die Standheizung anhatten?

Die an Kohlenmonoxidvergiftung gestorben sind?

Richtig. Das war der Junge hier, der Farblose, wie du gesagt hast, mit seiner Freundin – die, auf die sie hier gewartet haben und mit der sie dann los sind, als sie endlich kam.

Und du hast die gekannt?

Ja.

Scheiße, tut mir leid.

Frenzel dachte kurz nach. Und das Auto, das dem Bulli hinterhergefahren ist, war ein Passat, hast du gesagt?

Ja, so ein alter. B2. Schwarz, so stumpfer Lack, wie selber lackiert. Oder gestrichen.

Hast du dir zufällig das Kennzeichen gemerkt?

Nee.

Egal. Aber weißt du noch, wer in welchem Wagen weggefahren ist?

Nee.

•

Frenzel überlegte. Thorsten fuhr einen Citroën Nemo, keinen Passat. Aber Leo, der dauerlesende Schweiger aus dem *Gadda*, hatte einen Passat. Zumindest hatte er Leo schon einmal mit einem schwarzen Passat durch die Stadt fahren sehen.

Er würde das klären.

•

Frenzel saß in der Dämmerung auf seinem alten Gartenstuhl, umgeben von Gebüsch, und ließ die Welt Welt sein. Ließ Fragen zu und Gedanken, ließ sich treiben und sah zu, wie sich der Tag zurückzog. Eine Stechmücke landete auf seinem Unterarm, machte mit ihren langen, dünnen Beinen zwei unbeholfene Schritte zwischen der Behaarung, fuhr schließlich den Stachel aus. Wohl eher ein Saugrüssel. Saugte sich voll. Frenzel ließ es geschehen, sah ihr nur zu. Immer dicker wurde ihr inzwischen längst blutrotes Hinterteil. Als sie, vollgepumpt, schließlich davonfliegen wollte, war sie dafür zu schwer. Eindeutiger Fehler der Natur. Sie hob nur kurz ab und fiel hinunter in den Sand. Momente später schon hatten Ameisen sie entdeckt und schleppten sie fort.

Er hätte gern mehr über Thorsten gewusst, auch über die anderen. Charly, Leo, Karlheinz. Er wusste nichts über die vier Stammgäste. Wen könnte er zu ihnen befragen? Nick? Unmöglich. Dann bräuchte er sich im *Gadda* wahrscheinlich nie mehr blicken zu lassen. Einen Wirt fragt man nicht aus. Der weiß zwar viel, darf aber nichts sagen. In diese Lage durfte man ihn auf keinen Fall bringen.

Trotzdem machte er sich eine knappe Stunde später auf zum *Gadda*. Trauriger und trostloser als beim letzten Mal konnte es kaum werden.

Auf dem Weg formte sich in ihm eine Idee. Vage nur, eher eine Ahnung, abstrus genug und nicht zu Ende gedacht. Aber wenn, dann musste er jetzt handeln. Schnell.

●

Get Back von den Beatles viervierteltaktete ihm aus der Tür entgegen. *Get back, get back, get back to where you once belonged, get back, get back Jojo* … Was für ein perfekter Sound!

Die Plätze am Tresen waren leer, nur Leo saß wie immer über ein Buch gebeugt, ganz bei sich, wie in einer Glocke.

Hi. Frenzel stellte sich neben ihn, bestellte bei Nick sein Wasser.

Leo rührte sich nicht.

Sag mal …

Keine Reaktion.

Das war bei Leo so, hatte er oft genug beobachtet. Man musste einfach sagen, was man wollte, und dann reagierte er. Oder eben nicht.

Ich hab mir einen Sessel gekauft, und jetzt weiß ich nicht, wie ich ihn transportieren soll.

Leo las.

Und jetzt … du hast doch einen Kombi, stimmt's? Und verleihst ihn auch manchmal, hab ich gehört …

Leo legte seinen Zeigefinger auf eine Stelle im Text und blickte nach vorn. Ins Leere.

Da wollte ich mal ganz unverschämt fragen, ob ich ihn vielleicht mal für einen Tag …

Der Berg Leo begann sich zu bewegen. Griff in seine Tasche, zog einen Schlüssel heraus und legte ihn auf den Tresen. Das Türschloss ist kaputt, kommste auch so rein. Steht gleich ums Eck in der Bregenzer. Ich brauch ihn eh nicht, kannst dir Zeit lassen. Schon war er wieder bei seinem Buch.

Super, danke dir.

Könnte noch Dreck drin sein von Thorsten. Der wollte die Kiste saubermachen. Würde langsam Zeit.

Ist schon okay.

Leo vertiefte sich demonstrativ in seinen Text.

Charly kam zur Tür herein. Von Leo würde kein Wort mehr kommen, das zeigte sein massiger, abweisender Rücken. Frenzel steckte den Autoschlüssel ein, nahm sich sein Wasser vom Tresen, nickte Charly zu, räumte ihm den Platz und zog um an »seinen« Tisch. Er war unruhig, wollte am liebsten gleich los. Aber setzte sich erst mal doch. Nick zapfte Charlys Bier, dazu ballerte Jimi Hendrix sein *Ezy Ryder* aus den Boxen: *There goes Ezy, Ezy Ryder, Ridin' down the highway of desire* … Frenzel schätzte Nick dafür, dass er ständig irgendwelche Songs ausgrub, die er schon seit Ewigkeiten nicht mehr gehört und eigentlich längst vergessen hatte.

Sein Wasser war noch halb voll. Egal. Er stellte es zurück auf den Tresen. Schütt's weg, ich hab was vergessen, muss sofort los.

Zehn Minuten später rollte er mit dem schwarzen Passat in eine seiner Garagen, schloss die Tür und inspizierte ihn schon einmal oberflächlich. Gründlich würde er es morgen machen, bei Tageslicht. Der übliche Dreck im Fußraum, in der Rückentasche des Fahrersitzes eine leere Weinflasche, auf der Rückbank zerknüllte Papiertüten, sonst eigentlich nichts. War das der Dreck? Darum würde er sich auf jeden Fall morgen kümmern.

Er sperrte die Garage ab, holte sich eine Flasche Wasser und setzte sich in die Dunkelheit der Büsche, sah in die Nacht. Fledermäuse bedienten sich aus dem Angebot des Lichtkegels der Straßenlaterne. Er hatte das vage Gefühl, heute Nacht noch Besuch zu bekommen. Eigentlich wartete er darauf.

•

Sein Gespür hatte ihn nicht getäuscht: Kurz vor zwölf drückte sich drüben an den Häusern eine Gestalt entlang. Blieb immer wieder stehen, meist im Schatten der Hauseingänge, spähte herüber.

Thorsten.

Er suchte etwas.

Frenzel blieb still, sah ihm zu.

Thorsten umrundete einmal komplett das Gelände. Als er wieder ums Eck kam, erhob sich Frenzel und ging zum Zaun.

Hey.

Thorsten zuckte zusammen, hatte sich aber schnell wieder im Griff. Hey. So spät noch auf?

Frenzel sah ihn an. Bin ein Nachtmensch, brauch nicht viel Schlaf. Und du? Auch noch unterwegs? Scheinheilige Floskel.

Ja, äh. Er druckste. Ich wollte mal gucken.

Scheint, als ob du was suchst?

Ja, äh. Du hast doch den Wagen vom Leo.

Ja, muss mal was transportieren.

Ich hatte ihn auch mal letzte Woche.

Ah ja?

Und … äh … ich hab den Wagen noch nicht wieder saubergemacht. Ist mir peinlich. Er sah sich um. Wo ist er denn?

Nicht hier. Aber Dreck? Meinst du die paar Tüten und die Flasche?

Flasche? Nee, die zerknüllten Papiertüten und den Dreck aus dem Fußraum.

Frenzel winkte ab. Mach dir keinen Kopf. Muss den Wagen morgen eh saubermachen, wenn ich mein Zeug transportiert hab. Dann schmeiß ich deins gleich mit weg.

Irgendwie schien Thorsten unruhig, sein Blick wanderte suchend über das Gelände. Und den Wagen hast du nicht hier?

Nein.

Wo steht er denn?

Frenzel lachte. Den hab ich schon rüber in die Südstadt. Zu Bekannten. Die bringen mir morgen einen Sessel, dafür hab ich den Wagen gebraucht.

Ach so.

Frenzel jubilierte innerlich. Das mit dem Wagen hatte er intuitiv richtig gemacht. Eingebung. Na denn, es ist spät, ich muss mich jetzt hinlegen. Gute Nacht.

Ja, gute Nacht. Obwohl, warte, eine Frage noch schnell, wenn ich schon mal da bin: Weißt du, ob Gabi die *Gusa* vielleicht verkaufen will? Hat sie darüber mal was fallen gelassen?

Die *Gusa* verkaufen? Wieso? Nee, davon weiß ich nichts.

Na, ich hab gehört, dass sie vielleicht verkaufen muss. Redet man so.

Muss? Wieso muss?

Thorsten zuckte mit den Schultern. Man sagt, die Banken.

Nein, hab ich nichts von gehört. Aber wieso fragst du?

Na ja, Charly hätte vielleicht Interesse. Hab ich gehört.

Charly will die *Gusa* kaufen?

Vielleicht, ja. Ein Gerücht, wie gesagt. Er will vielleicht ein Kulturzentrum draus machen. Vergiss es, ich hab nichts gesagt. Ist ja bisher auch nur in seinem Kopf. Aber du kannst Gabi ja mal fragen, rein interessehalber. Und mir dann Bescheid geben.

Halt ich für keine gute Idee. Wenn's nur ein Gerücht ist … Besser nicht. Und jetzt gute Nacht.

Ja, dann gute Nacht. Thorsten drehte sich zögernd um, hob noch einmal die Hand und verschwand schließlich in der Dunkelheit.

Ein paar Minuten später, als Thorsten sicher außer Sichtweite war, schlich sich Frenzel in die Garage und fegte den Schmutz aus dem Fußraum zusammen, füllte ihn in einen frischen Plastikbeutel. Anschließend schlüpfte er noch einmal hinaus, eine Runde durchs Viertel drehen. Sich vergewissern, ob Thorsten auch wirklich gegangen war.

●

Zwanzig Minuten später kam er zurück. Die Straßenlaterne schräg gegenüber der Einfahrt war defekt. Schon seit Tagen. Der Wagen dort fiel ihm nicht auf. Auch nicht das leise Klacken. Er war in Gedanken wieder beim Passat. Dann plötzlich vernahm er die Schritte. Er fuhr herum. Ein Mann kam direkt auf ihn zu.

Herr Frenzel?

Was wollen Sie? Schlagartig war er auf Alarm.

Schubert mein Name, Polizeiinspektion Unterfranken.

Das kann jeder sagen.

Der andere hielt ihm seinen Ausweis hin. Er war tatsächlich Kriminaler. Wir haben zu reden.

Ich wüsste nicht, was. Frenzel öffnete das Tor und schlüpfte hinein, wollte es hinter sich zuziehen. Aber der Polizist war gewandt. Und erstaunlich stark.

Ich glaube schon. Der Mann drückte ihn zur Seite. Gehen wir ins Haus.

Wie hatte er gesagt, hieß er? Schubert. Herr Schubert, verlassen Sie sofort …

Erst wenn wir geredet haben. Es ist ganz in Ihrem Interesse.

Raus!

Plötzlich ging alles ganz schnell. Der Beamte packte Frenzels Ellenbogen, grub ihm den Daumen ins Fleisch. Tief zwischen die Knochen. Frenzel ging in die Knie, ein rasender Schmerz durchschoss ihn. Nahkampfausbildung, dachte er nur, da hab ich keine Chance. Er hatte sich überrumpeln lassen.

Also: Gehen wir hinein?

Frenzel gab nach, nickte.

•

Ich soll Sie von meinem Schwager grüßen. Sie saßen sich am Küchentisch gegenüber. Frenzel hatte ihm nichts angeboten, sah ihn fragend an. Über ihnen eine nackte Glühbirne, draußen die dunkle Nacht.

Wer soll das sein?

Jürgen Graf von Politz, Kitzingen.

Aha, der Jäger. Dann sind Sie also der Schubert, der mir hinterhergeschnüffelt hat. Gesetzeswidrig Informationen weitergegeben hat. Tolle Leistung, hab ich mir wohl gemerkt.

Na, mal halblang. Ich habe Informationen eingeholt über eine beschuldigte und verdächtige Person. Das gehört zu meinem Beruf.

Verdächtige Person? Wessen werde ich verdächtigt?

Der Wilderei.

Cool bleiben!, beruhigte sich Frenzel und atmete tief.

Und der versuchten Erpressung.

Beweise für das Wildern?

Wir haben eine Zeugenaussage.

Von Ihrem Schwager?

Kein Kommentar. Und Verdacht auf unerlaubten Waffenbesitz.

Weil er auf einem Hochsitz gesessen hatte? Die zogen wirklich alle Register! Aber das verfing nicht bei Frenzel, hier war er sauber. Oder hatten sie etwa die Waffen gefunden, die er vergraben hatte? Abwarten, der Kerl blufft doch.

Und die Erpressung? hakte er nach.

Geht gegen mich. Mein Schwager hat mir Ihre Drohung schon ausgerichtet damals.

Verstehe. Aber was, bitte, ist mit der unerlaubten Weitergabe von Bildern?

Wer soll das getan haben?

Graf von Politz' Schwager.

Der Polizist musste grinsen. Sie meinen also mich? Hören Sie, wenn ich einem Anzeigensteller Fotos zeige, damit er die Person, die er anzeigen will, identifizieren kann, dann gehört das zu meinem Job.

Sie spielen nicht sauber. Sie haben sich abgesprochen.

Lassen wir das. Ich bin nur hier, um Sie zu warnen.

Das müssen Sie mir erklären.

Es existiert eine Anzeige gegen Sie, und es besteht der begründete Verdacht der geplanten Erpressung eines Polizeibeamten.

Frenzel winkte ab. Was wollen Sie wirklich?

Der Besucher überlegte. Sie scheinen ein Problem mit uns zu haben.

Mit der Polizei? Das kann man so sagen, ja.

Sie legen sich mit unseren Beamten an, wo Sie können. Hier auf dem Gelände, auf dem Autohof, drüben auf der Dachterrasse …

Sie überwachen mich?

Ich führe Informationen zusammen.

Zum letzten Mal: Was wollen Sie?

Der Beamte ließ sich nicht beeindrucken. Wir haben Hinweise darauf, dass Sie Personen nötigen. Oder bedrohen.

Ich? Bedrohen?

Den Juwelier Wimczek. Einen Tankwart vom Rosenhof, einen vom Hienberg. Wahrscheinlich auch einen türkischen Lkw-Fahrer.

Unsinn. Ich hatte mit den Personen Deals und habe sie bezahlt. Geschäft nennt man das.

Das wurde den Kollegen anders geschildert.

Sch… Waren die alle zur Polizei gegangen? Erst die Kohle einstreichen und ihn dann hintenrum …

Bei dem Lkw-Fahrer auch unter Einsatz körperlicher Gewalt.

Ich weiß nichts von einem Lkw-Fahrer. Und mit einem Verdacht brauchen Sie mir nicht zu drohen.

Ich kann den Verdacht erhärten. Nach dem Stand meiner Ermittlungen war der Wagen, mit dem die Verdächtigen den Parkplatz verließen, von Ihnen geliehen.

Ende der Diskussion. Wenn Sie etwas haben, nehmen Sie mich fest. Ansonsten … sagen Sie mir endlich, was Sie von mir wollen.

Ich will Ihnen einen Deal vorschlagen.

Frenzel musste ungläubig grinsen. Lassen Sie hören.

Sie vergessen Ihren Vorwurf gegen mich, und ich vergesse die Wilderei. Sie vergessen meinen Schwager, und ich stecke den Kollegen, die sich um die Nötigungen kümmern, dass dort Geld geflossen ist. Es ein Handel war. Und der Lkw-Fahrer verläuft im Sande.

Das war's: Schubert wollte sich ihn zum Komplizen machen! Er, Frenzel, sollte von ihm abhängig werden – aber natürlich auch Schubert von ihm. Der Polizist gab damit zu, dass sein Verhalten rechtswidrig war und ihm schaden könnte. Niemals herauskommen durfte. So gesehen: gute Voraussetzungen für einen Deal. Frenzel nickte.

Gut. Sagen Sie mir noch, wie viel Geld geflossen ist bei den »Nötigungen«?

Genug.

Geht's konkreter?

Muss das?

Besser wär's.

Zweihundert.

Jeweils?

Frenzel nickte. Jeweils.

Schubert nickte ebenfalls, schien zu überlegen, sah ihn an. Sie scheinen ja über ganz schön viel Geld zu verfügen. Zumindest sitzt es bei Ihnen recht locker.

Und?

Wäre interessant, wo es herkommt.

Wenden Sie sich an die Steuerbehörden. Offenbar wussten die nichts von seinem Vermögen. Und das sollte auch so bleiben. Deshalb führte er ja diesen Lebensstil.

Schubert sah ihn an, überlegte. Na gut, lassen wir das einstweilen. Zurück zu unserem Deal. Ich geb Ihnen noch was drauf.

Holla, der Deal schien dem Polizisten nicht nur wichtig, sondern sehr wichtig zu sein. Frenzel spürte Genugtuung in sich aufkeimen. Ja?

Wenn Sie mich mal brauchen … kann ja mal sein. Er schob ihm seine Karte rüber. Kurzer Dienstweg, absolute Verschwiegenheit, Tag und Nacht.

Frenzel steckte die Karte ein, sagte nichts. Heinz Schubert, PHK stand auf der Karte. Polizeihauptkommissar. Jetzt hatte er einen Bullen an der Hand – aber der ihn auch. Ob das gut war?

Sagen Sie, dieses Notizbuch … Schubert deutete auf Frenzels schwarzes, schon etwas zerfleddertes Büchlein, das auf dem Tisch lag.

Frenzel nahm es sofort an sich. Ich schreibe, seit ich im Knast war, Tagebuch, log er und steckte es ein.

Tagebuch, aha. Schubert schien ihm nicht zu glauben, ging aber nicht weiter darauf ein. Eine Frage hätte ich noch.

Hm?

Warum machen Sie das alles? Das mit den Tankwarten, dem Juwelier, dem Lkw-Fahrer? Was suchen Sie auf den Aufnahmen?

Was sollte er auf diese Frage antworten. Der Typ spionierte ihm hinterher und hatte verdammt viel – aber keinen Plan, warum er das alles tat? Frenzel konnte es fast nicht glauben. Vielleicht, weil ich eure Arbeit mache? Die Arbeit Ihrer Kollegen?

Schubert verstand nicht, fragte aber nicht nach. Okay, lassen wir das, ich werde es herausfinden. Also zurück zum Deal. Sind wir uns einig? Schubert bot ihm die Hand, Frenzel schlug ein, der Polizist erhob sich.

Draußen am Tor sagte er noch: Und ich bin nie hier gewesen. Wir kennen uns nicht und haben uns nie gesehen.

Frenzel nickte. Aber vielleicht müssen wir uns noch kennenlernen. Er schloss das Tor hinter sich ab.

•

Hast ja noch spät Besuch gehabt gestern. Gabi stand in der Morgensonne am offenen Küchenfenster im Erdgeschoss ihrer Villa und trocknete Teller.

War es zu laut? Das tut mir leid.

Sie schüttelte den Kopf. Ich kann manchmal nicht schlafen. Sie sah ihn an. Sag mal, war das der Thorsten gestern am Zaun? Und der Passat, den du in die Halle gefahren hast: Ist das der vom Leo?

Kennst du die wohl?

Den Passat, Leo oder Thorsten?

Leo. Und Thorsten.

Sie lachte. Seit Ewigkeiten. Ich kenn die alle. Leo, Charly, Thorsten, Nick, Karlheinz … Was wir schon alles miteinander getrieben haben. Und den Passat hat der Leo ja schon mindestens zwanzig Jahre, wenn nicht fünfundzwanzig. Mit dem sind wir schon bis Spanien gefahren. Zu fünft, mit Gepäck. Hast du dir die alte Mühle wohl gekauft?

Nein, nur geliehen. Frenzel kapierte sofort, was es hieß, dass Gabi sie alle kannte. Wart ihr früher viel zusammen?

Früher, ja, aber das ist lange her. Sie überlegte. In den Achtzigern bis hinein in die frühen Neunziger, dann ist es auseinandergegangen. Meine Güte, was haben wir für Zeug miteinander gemacht. Kann man sich heute gar nicht mehr vorstellen – und will man eigentlich auch gar nicht mehr wissen.

Frenzel nickte. Ach ja, so Zeiten gab's bei mir auch. Wild ohne Ende. Drogen, Alkohol, Abstürze. Dummheiten, Gedankenlosigkeiten. Bis es eines Tages dann mal eskaliert ist. Und was war das Ergebnis? Knast.

Gabi nickte gedankenverloren. Nein, Knast gab es bei uns nicht, da haben wir immer Glück gehabt. Aber zwei unserer Clique von damals sind auf der Strecke geblieben. Leider. Joschi mit einer Überdosis und Brenda. Erst Klapse, dann Selbstmord. Waren einfach immer zu viele Drogen im Spiel. Bin froh, dass ich da raus bin. Aber unser Thorsten war ein begnadeter Panscher.

Unser Thorsten? Der aus dem *Gadda*?

Ja, Thorsten und Charly. Möchte nicht wissen, was die sich so alles reingepfiffen und gegeben haben. Aber sag mal, magst du vielleicht einen Kaffee? Wir können doch nicht hier die ganze Zeit vom Fenster zum Hof …

•

Sie saßen bis in den Vormittag hinein, zuletzt im Schatten der Birke, die in den letzten Jahren neben einer der Hallen wahrscheinlich wild aufgegangen war. Und Gabi erzählte.

Thorsten war immer voll drauf. Alles und jedes Gift, das auch nur annähernd im Ruf steht, irgendwie zu berauschen, hat er ausprobiert. In der Schule fing das schon an. Und immer wieder waren wir mit dabei. Acid, Alkohol, Speed, Heroin, psilocybinhaltige Pilze – die hat er aus den Bergen direkt von den Kuhfladen mitgebracht –, Muskatnuss, Vogelbeere, Kat, Morphin, Codein, Barbiturate, Fliegenpilze, Psychopharmaka – alles, was du dir vorstellen kannst. Geraucht, gegessen, gemischt, gespritzt. Vor allem Thorsten und Charly, die zwei waren die Schlimmsten. Waren überhaupt unzertrennlich, immer schon, seit der Schulzeit.

Nach dem Abi ist Thorsten dann nach Kiel, Medizin studieren. Er hatte ein Einser-Abi, kein Mensch weiß, wie er das hingekriegt hat. Nie was getan für die Schule, durch und durch eine faule Sau. Drei Jahre war er in Kiel, Charly hat ihn da oft besucht. Dann haben sie sich immer weggeballert, so wie vorher hier, und wenn Thorsten hier war, natürlich auch jedes Mal. Oft auch mit uns. Da hat's dann irgendwann den Joschi erwischt. Überdosis und weg. War richtig scheiße gewesen.

Für Pharmazie hat er sich auch interessiert, der Thorsten. Musst du dich wundern. Nach dem Studium ist er nach Lübeck ans Krankenhaus. Ein Jahr später ist er da hochkant rausgeflogen, weil er am Giftschrank war. Hat ihn wohl richtig geplündert. Opiate und so, alles was da so drin war. Und zack, war er die Approbation los. Ende der Medizinerkarriere. Vierundneunzig ist er nach Göttingen, Ausbildung zum Psychotherapeuten oder so was Ähnliches. Gepanscht und gegiftelt hat er weiter, aber ich war raus, nachdem Brenda in die Klapse musste und dann aus dem elften Stock gesprungen ist. Thorsten und Charly aber haben immer weitergemacht und noch viel ausprobiert. Das ging noch lange so, bis vor zehn, fünfzehn Jahren, dann muss es mal einen Knatsch gegeben haben zwischen den beiden. Oder sie sind vernünftig geworden, was weiß ich. Vielleicht gab es ja auch etwas zwischen den beiden wegen des Geldes, da ist viel gemunkelt worden.

Frenzel sah sie fragend an.

Gabi musste schmunzeln. War ne verrückte Geschichte damals. Ne richtige Schnapsidee. Obwohl – eigentlich war sie nicht schlecht, sie ist dann aber krepiert, und dafür konnte er nichts. Softeis, sagt dir das was?

Du meinst dieses weiche, cremige Salmonelleneis?

Genau das ist der Punkt. Softeis war ja mal sehr stark in Mode. Und, hatte sich Thorsten gedacht, an dem Eis ist viel verdient. Es ist einfach herzustellen, haltbar ist es auch, weil gekühlt, und das Potenzial von Softeis sah er noch lange nicht ausgeschöpft. Auf jeden Fall hatte Thorsten die Idee, die Region hier mit viel mehr Softeisständen zu versogen. Das ist wie Geld drucken, hat er gesagt. Also hat er fünfzehn Softeismaschinen bestellt – und kaum waren die da, kam der Salmonellenskandal. Und keiner kaufte mehr Softeis, Softeis war tot. Thorsten hatte den Keller voller Eismaschinen und einen Haufen Schulden. Damals wurde gemunkelt, dass ihm Charly Geld geliehen hätte, Thorsten dies aber nicht zurückzahlen konnte. Deswegen hätten sie sich zerstritten. Ist aber nur ein Gerücht, und ehrlich gesagt: Ich hab nie dran geglaubt. Weil Charly und Geld verleihen, das passt nicht.

Sie machte eine Pause, besah sich ihre Handrücken. Aber die sind – oder waren – schon ein komisches Gespann. Hier Thorsten, der irgendwie alles konnte, nichts dafür tun musste und dem – bis auf die Softeisgeschichte – immer alles zugeflogen ist – und auf der anderen Seite Charly, der Loser. Der nie etwas richtig auf die Reihe gekriegt hat. Wollte erst Sport studieren, er hat es, glaube ich, sogar angefangen. Aber dann gleich wieder hingeschmissen. Genauso wie Chemie. Dann Englisch, Geschichte, Romanistik, Mathe, ich weiß gar nicht, was alles. Aber nichts fertig gemacht, nicht mal bis zur Zwischenprüfung. Nur Germanistik. Bis er eine Arbeit schreiben sollte über irgendeinen schrägen Schriftsteller vom Ende des neunzehnten Jahrhunderts. Da ist er glorios gescheitert. War aber immer so: Sobald es ans Arbeiten ging, kam bei ihm die Grätsche. Konnteste die Uhr nach stellen. Leistungsdruck hat er nicht ausgehalten. Er musste aber auch sein Leben lang nicht wirklich mal etwas leisten. Wurde immer von seinem Alten gepampert. Und der war gestopft. War Ami und hat den GIs, die hier rübergekommen sind, teure Autos verkauft. Und billig wieder abgenommen, wenn deren Dienst hier zu Ende war. Hatte Kohle ohne Ende. Aber Zuneigung? Nichts. Familie? War auch nichts, Charlys Mutter ist schon früh abgehauen, hat den Alten nicht mehr ertragen. Aber Charly hat davon profitiert – von der Kohle des Alten, meine ich. Hat als Student schon zwei Wohnungen gehabt. Aufgezwungen gekriegt, hat er immer gesagt. Annehmen oder enterben, das wäre die Wahl gewesen, vor die ihn der Alte gestellt hätte. Egal, ist ja nicht glücklich geworden mit der Kohle. Vielleicht ist er deswegen auch immer abgehauen, er war viel auf Korsika, oft monatelang. Das war seine Insel.

Er ist übrigens immer auf seiner Kohle gehockt. Geizig wie ein ... ich weiß gar nicht. Deshalb glaub ich die Geschichte mit den Schulden von Thorsten auch nicht. Charly hat immer auf arm gemacht, so wollte er sich sehen, aber saß auf seiner Kohle.

Na ja, und dann, eines Tages auf Korsika, ist ihm Clara über den Weg gelaufen, Schweizerin. Clara Voegeli. Vor fünfundzwanzig Jahren oder so muss das gewesen sein. Und patsch hat's gemacht, er hat sich verliebt, so unsterblich, wie es ihm noch nie passiert war. So hat ihn noch nie jemand gesehen. Hat vorher hier alles gevögelt, was nicht bei drei auf den Bäumen war – und du wirst lachen: da ist keine auf die Bäume. Sind alle nur läufig stehen geblieben, manchmal schon fast empfängnisbereit. Ich übrigens auch. Und nicht nur einmal. Gabi lachte. Kann man sich heute gar nicht mehr vorstellen. Aber der Ruf ist ihm einfach vorausgeeilt: Besser als er vögelt keiner. Sie lächelte mit einem versonnenen Blick ins Weite. Wo war ich stehen geblieben?

Bei Clara, der Schweizerin.

Ja, Clara aus Bern. Ein halbes Jahr hat er sich hier gequält. Soll ich oder soll ich nicht? Also zu ihr ziehen. Sie konnte nicht weg, weil sie einen Sohn hatte. Sechs Jahre alt damals. Danilo.

Und dann hat er sich irgendwann entschieden und ist nach Bern. Sie hatte ihm einen Job besorgt, in einem Verlag. Talente sichten, Manuskripte beurteilen und so. Und nach einem halben Jahr haben sie geheiratet und Danilo adoptiert. Charly und heiraten – hier haben sich alle nur gewundert. Aber es hatte ihn halt voll erwischt.

Na ja, aber nach zwei Jahren war es dann schon zu Ende. Eifersucht, Krach, Streit. Also kam Charly wieder zurück, er hatte ja hier seine Wohnung. Unterm Strich war es so wie immer: Nähe vertrug er nicht, zumindest nicht auf Dauer.

Im Jahr drauf dann ist Clara verunglückt. Ist in Bern in einen Bus gelaufen, mitten in der Stadt, war auf der Stelle tot. Tragisch. Um Danilo hat sich dann Claras Familie gekümmert, was Charly, glaube ich, ganz recht war. Denn der und allein mit einem Kind, das wäre nicht gut gegangen.

Na ja, und dann kam Ingrid, vor fünfzehn oder sechzehn Jahren. Am Attersee. Er hatte dort ein paar Tage Urlaub gemacht, sie auch. Sie liefen sich über den Weg und peng!, schon hatte er sie geschwängert. Charly wollte, dass sie abtreibt. Machte sie aber nicht. Bis dahin hatten immer alle abgetrieben, wenn es schiefgegangen war, ich auch übrigens, zweiundneunzig. Ingrid aber hat es verweigert und irgendwie … ich weiß nicht, wie es kam, aber Charly ist nach Regensburg gezogen. Sie haben geheiratet, und im Jahr drauf kam Jimmy Dean. Aber, klar, es ging natürlich wieder schief. Immerhin: Ganze fünf Jahre war er in Regensburg, dann kam er wieder zurück. Und hat Ingrid alleingelassen mit dem Kind. Ist vielleicht auch mit ein Grund, dass Jimmy Dean … ich sag mal … komisch wurde. Auffällig. Psychisch belastet. Beschädigt. Und jetzt ist er tot …

Sie holte tief Luft und sah hinunter aufs Pflaster. Einmal sind wir alle, Charly, Thorsten, Leo, Karlheinz und ich, nach Barcelona gefahren, hab ich ja schon erzählt. War aber ein Flop. Charly und Thorsten haben gleich wieder etwas aufgetrieben und sich weggebeamt, drei Tage waren sie nicht auffindbar, und als sie endlich wiederkamen, waren sie so was von durch den Wind, dass wir den Trip abgebrochen haben und heimgefahren sind. Das war meine Geschichte mit Leos Passat und Spanien. Mit der sind wir ja gestartet, stimmt's? So, jetzt aber genug gequasselt, ich hab auch noch was zu tun.

Ja, ich auch.

Während Gabis Erzählung war ihm ein Gedanke gekommen. Die Flasche aus dem Passat.

●

Am Nachmittag saß er im Schatten in seinem Stuhl, ließ nur die Gedanken laufen.

Bis auch sie zur Ruhe kamen.

Am Abend ging er nicht ins *Gadda*. Saß noch über Stunden zwischen den Büschen und ließ den Mond vorüberziehen. Perfekte Sichel. War viel los gewesen die letzten Tage, jetzt brauchte er einfach die Ruhe.

Am späten Nachmittag waren schwarze Wolken aufgezogen, Windböen rissen an Bäumen und Gebüsch, es sah nach Gewitter aus. Doch es grummelte nur, und nichts entlud sich. Die Wolken verzogen sich wieder und gaben den Mond frei.

Erst gegen drei legte er sich für ein paar Stunden schlafen.

•

Samstag am späten Nachmittag. Die zwei Typen sahen nicht gut aus. Rochen verdammt nach Streit. Man würde ihnen nur ungern auf der Straße begegnen wollen, schon gar nicht während der Dunkelheit.

Plötzlich standen sie auf dem Gelände. Waren nicht durch das Tor hereingekommen, sicher nicht, das Tor war zu. Folglich irgendwo durch den Zaun.

Frenzel stand auf der rückwärtigen Seite der Hallen auf einer Leiter und fischte die Blätter aus der Dachrinne. Hatte wohl schon seit Jahren niemand mehr gemacht, die unteren Lagen waren längst matschig braun und verfault. Kein Wunder, dass bei Regen das Wasser über die Ränder und an den Wänden herablief. In den Fallrohren steckten stinkende Pfropfen, die ersten Birkensprösslinge keimten aus der Rinne.

Die zwei stellten sich an den Fuß der Leiter, Beine breit, die Arme verschränkt. Bist du Frenzel? Sie sahen bereit zum Zuschlagen aus.

Komm runter!

Blitzschnell checkte Frenzel die Lage. Hinunterzusteigen verhieß nichts Gutes. Also aufs Dach? Wenn er schnell wäre, könnte er es schaffen, zwei, drei schnelle Bewegungen. Sah aber nach einer Niederlage aus. Das war nicht seins. Wollte er ihnen nicht gönnen. Außerdem – wo sollte er dann hin? Also blieb er erst einmal stehen. Was wollt ihr?

Runter!

Der eine hatte fünf Ringe im Ohr, der andere war am Hals tätowiert. Könnten Boxer sein. Angeheuert von irgendwem, irgendwas klären, er kannte diese Sprache.

Ich bin gleich hier oben fertig.

Kannste auch später machen. Runter jetzt!

Oder auch nicht mehr, grinste der andere und trat schon mal gegen die Leiter.

Sie meinten es ernst.

Noch blieb Frenzel oben. Sollte er sie anspringen? Er schätzte seine Erfolgschancen auf nahe null. Nimmst du mal den Eimer? Er reichte ihn hinunter.

Der Tätowierte ließ ihn fallen. Nicht frech werden. Runter jetzt, es gibt etwas zu klären.

Klang das nach einem Gesprächsangebot? Reden, reden, reden, hatte er im Knast gelernt. Verhalten bei Konfrontation mit Aggression. Sie hatten schon den ersten Fehler gemacht.

Klären? Ich wüsste nicht, was. Wer konnte die zwei geschickt haben? Ärger angezettelt hatte er genug. Eine ganze Spur zog er hinter sich her.

Runter jetzt endlich! Ich zähl bis drei. Eins …

Langsam, langsam, ich komme ja schon. Er setzte sich die erste Sprosse hinab in Bewegung. Irgendwie kam ihm der mit dem tätowierten Hals bekannt vor – und auch wieder nicht. Hatte irgendeine Ähnlichkeit.

Zwei …

Die zweite Sprosse.

Sag mal.

Klappe!

Du bist der Bruder von Chippo, richtig? Das war's: Chippo, der Schläger aus dem Knast. Der Typ sah ihm verdammt ähnlich. War ein Versuch.

Was ist mit Chippo?

Also hab ich recht.

Lass meinen Bruder aus dem Spiel!

Also doch. Fünf, sechs Sprossen hatte er noch.

War lange mit ihm zusammen. Vier Jahre bestimmt. Wann kommt er denn raus? Chippo hatte sieben Jahre gekriegt, Einbrüche und Schlägereien. War kein besonders Lustiger gewesen, man musste ihn zu nehmen wissen, dann ging's.

Dem anderen gefiel das Gespräch nicht, er trat wieder gegen die Leiter. Drei. Diesmal richtig, die Leiter kippte,

Frenzel sprang ab, kam auf die Füße. Er hob sofort die Hände, zeigte sich damit wehrlos. Die nächsten Sekunden würden entscheiden.

Ruhig, ruhig, es lässt sich alles klären.

Der mit den Ohrringen wollte ihn packen, der Tätowierte hielt ihn zurück. Was ist mit Chippo?

Hab mir ein Jahr lang mit ihm die Zelle geteilt.

Und?

Nichts und. Er hat viel gefurzt, sind aber gut klargekommen. Hatten viel Spaß.

Der Tätowierte grinste. Ja, furzen tut er viel.

Zur Sache, bellte der andere und baute sich vor Frenzel auf. Deine Furzgeschichte interessiert uns nicht.

Okay, okay, was wollt ihr von mir? Die Sache hatte sich schon halbwegs entspannt, jetzt nur nichts verkehrt machen, dachte er sich, nur nicht verkacken.

Fünfhundert Euro abholen und dich klein machen.

Fünfhundert Euro?

Die Ruslan gehören.

Sein Kopf arbeitete. Ruslan? Er konnte sich nicht erinnern. Aber fünfhundert Euro? Hatte er dem Gebrauchtwagenhändler Ismailow abgenommen, für Wallis Mutter. Sorry, wer ist Ruslan?

Ich werd dir gleich auf die Sprünge helfen. Ruslan Ismailow, dem du ins Geschäft gepfuscht hast.

Also lag er richtig. Der Aserbaidschaner hatte die beiden geschickt. Okay, das lässt sich regeln. Es hatte keinen Sinn, sich mit den beiden anzulegen. Aber Frenzel blieb wachsam, sie sollten ihn ja noch »klein machen«, und wie das aussah, war ihm klar. Also weiter deeskalieren. Das schmeckte ihm zwar nicht, aber es half nichts.

Ihr kriegt das Geld. Gehen wir rein.

Sie folgten ihm. Aber mach keinen Scheiß!

Keine Sorge, so blöd bin ich nicht. Den beiden noch ein wenig Honig ums Maul schmieren und sie bauchpinseln konnte nichts schaden. Auch wenn es schwerfiel.

Frenzel zählte ihnen fünfhundert auf den Tisch, legte wie selbstverständlich noch zwei Grüne dazu. Und ich lass Ismailow in Ruhe, könnt ihr ihm ausrichten. Misch mich nicht mehr ein. Er kann seine Geschäfte so weiterführen wie bisher.

Es funktionierte. Fünf Minuten später waren die beiden weg.

Frenzel atmete tief durch.

Später nahm er sein Notizbuch, schrieb etwas hinein. Wollen wir doch mal sehen ...

•

Jäger, Institut für Umwelt- und Chemische Analytik. Spreche ich mit Herrn Lieberwirth?

Am Apparat, ja. Den Namen Lieberwirth hatte Frenzel für ein zweites Handy hinterlegt. Emre hatte ihm mit einer Handvoll ausgeholfen, aus den ehemaligen Beständen in der Gusa. Hatte Frenzel aber alle bezahlt.

Sie haben uns am Freitag eine Flasche zur Analyse der Inhaltsreste vorbeibringen lassen.

Richtig. Und?

In der Flasche war, ich sag mal, ganz normaler Rotwein. Bordeaux wie auf dem Etikett. Allerdings ... Er machte eine kurze Pause ... wie soll ich's sagen ... mit einem Zusatz, der ohne jede Frage polizeirelevant ist. Wir sind dazu verpflichtet, Anzeige zu erstatten.

Okay, tun Sie, was Sie tun müssen. Aber was heißt das konkret? Dass wir Anzeige erstatten müssen?

Nein, bezüglich der festgestellten Inhaltsstoffe.

Ich denke, mit chemischen Details muss ich Sie nicht belästigen. Aber wer von diesem Stoff zwei, drei Schluck genommen hat, war mit Sicherheit für ein paar Stunden außer Gefecht. Sofort. K.-o.-Tropfen nennt man so etwas. Und da die Flasche leer war …

Verstehe. Eine Frage noch: Sie haben die Flasche nicht angerührt, so wie aufgetragen?

Nur mit Handschuhen, nur so viel wie unbedingt erforderlich.

Gut. Wenn Sie die Flasche schon der Polizei übergeben müssen, dann weisen Sie bitte unbedingt darauf hin, dass sie dort auf Fingerabdrücke hin untersucht wird.

Wir werden das so weitergeben.

Ich danke Ihnen. Was bekommen Sie für die Analyse?

Einhundertsiebenundachtzig Euro inklusive Mehrwertsteuer, war doch etwas aufwendiger.

Ist in Ordnung. Frenzel legte grußlos auf und entfernte die Karte aus dem Handy

•

In der Nacht warf jemand beim Institut für Umwelt- und Chemische Analytik ein Kuvert mit zweihundert Euro in den Briefkasten, beschriftet mit »Analyse Weinflasche Lieberwirth. Herzlichen Dank«. Zu diesem Zeitpunkt hatte das Institut die Polizei längst informiert. Der Name Lieberwirth aber führte die Beamten nicht weiter, ebenso wenig die im Institut hinterlegte Handynummer.

Die Analyseergebnisse wanderten zu den Akten.

•

Frenzel versuchte sich das Szenario vorzustellen, den möglichen Ablauf. Thorsten war am Hienberg gewesen, zweifelsfrei. Mit dem Passat und zwei Flaschen Wein. Eine »sauber«, eine präpariert. Hanno war mit dem Bus dort gewesen, um Walli abzuholen. Aber warum waren sie gleichzeitig dort, warum wusste Thorsten davon? Keine Ahnung, egal, wahrscheinlich banal, sie wollten ein Picknick machen, kannten einander ja. Und Hanno und Walli wollten draußen bleiben, im Bus übernachten. Romantik. Walli kommt an, Begrüßung, Lachen. Dass Ingrid nicht mehr lebt, weiß da noch keiner. Sie suchen einen Picknick- und Übernachtungsplatz. Thorsten hat Wein dabei. Also Picknick. Die Papiertüten aus dem Passat waren auf jeden Fall Lebensmitteltüten. Mit Bröseln und Fettresten, also Semmeln, Gebäck, Sandwiches. Thorsten macht den ersten Wein auf, und als der leer ist, holt er den zweiten. Den präparierten. Von dem gibt er Hanno und Walli. *Nur* Hanno und Walli, denn er, Thorsten, darf nichts mehr trinken, er muss ja noch fahren, will wieder zurück. Hanno und Walli nicht. Die zwei werden bewusstlos. Thorsten lässt die »saubere« Flasche im Bus, macht die Standheizung an, die Luftklappe zu, schließt beim Bus Fenster und Türen und fährt weg. So irgendwie.

Und so werden die beiden gefunden.

Ungeheuerlich.

Je länger er darüber nachdachte, desto sicherer war er sich. Thorsten, erfahren mit Drogen, hatte die beiden betäubt und erstickt.

Aber warum?

Er musste irgendwie an den Bus kommen, vielleicht fanden sich daran Spuren.

Es musste etwas geben, das Frenzel nicht wusste.

•

Mittagszeit. Fünf Telefonate, und er hatte den Bus ausfindig gemacht. Wusste, wo er stand: bei Hannos Eltern. Frenzel stellte sich, Rufnummer unterdrückt, mit »Obermaier« vor und fragte direkt nach dem Bulli. Jetzt hatte er einen Plan.

Der ist in der Werkstatt.

Wo, also in welcher?

Beim Vierenkel, hier bei uns in Mainleus. Soll gründlich saubergemacht werden, überholt, TÜV neu und verkauft. Von uns hier aus der Familie will keiner mehr das Teil sehen, geschweige denn fahren. Der ältere Herr am Telefon wirkte sachlich, kurz angebunden, wenig sentimental. Oder einfach sehr gefasst.

Was soll er kosten?

Zwölf und runter damit vom Hof. Ist ein Unglücksfahrzeug.

Ich geb Ihnen vierzehn. Aber Bedingung: So, wie er ist. Und sofort.

Schweigen am anderen Ende.

Haben Sie gehört? Ich will ihn heute noch holen.

Dreckig, wie er ist? Der Vierenkel hat doch noch nicht einmal angefangen, an dem Bus ist noch nichts gemacht.

Ich will ihn, wie er ist. In zwei, zweieinhalb Stunden kann ich da sein. Und ganz wichtig: Die Werkstatt soll nichts mehr dran machen!

Hannos Vater schaltete schnell: Sie bringen das Geld mit?

•

Frenzel hatte sein Notizbuch vor sich, wählte eine Nummer.

Obermaier?

Frenzel hier, Sie erinnern sich?

Frenzel? Nein, sagt mir spontan nichts.

Dann helf ich Ihnen auf die Sprünge: Wer unerlaubt Asbest entsorgt, muss mit einer Freiheitsstrafe von bis zu fünf Jahren rechnen. Oder mit einer Geldstrafe. Paragraf 326 StGB. Das ist einer gehobenen Beamtenlaufbahn nicht unbedingt zuträglich, oder? Kleine Gedächtnisstütze vielleicht noch: Waldweg am Lindingsgraben. Klingelt's?

Oh Gott, scheiße, ja.

Ich brauch Sie. Jetzt.

Aber …

Ich kann Ihnen leider keine Wahl lassen. Entweder, Sie sagen jetzt Ja, oder ich gebe mein Wissen weiter. Heute noch.

Kurze Pause. Okay, was muss ich tun?

Ich brauch Ihre Kontonummer. Dann überweis ich Ihnen vierzehntausend Euro, Sofortüberweisung. Sie gehen zum Automaten und ziehen das Geld …

Aber da krieg ich nur viertausend auf einmal. Oder am Tag.

Dann gehen Sie auf die Bank, die hat ja jetzt offen. Sie holen das Geld, fahren nach Mainleus, Autowerkstatt Vierenkel, übernehmen dafür auf Ihren Namen einen VW-Bus und fahren ihn zu mir.

Stöhnen am anderen Ende.

Entweder Sie fahren jetzt los, oder die Polizei steht irgendwann vor der Tür.

Obermaier war überredet. Aber dann sind wir quitt?

Wir sind dann quitt, wenn Sie die Scheiße aus dem Wald geholt und vorschriftsmäßig entsorgt haben. Haben Sie doch sicher noch nicht, oder?

Äh, nein.

Dann wird's aber langsam Zeit. Die kann da nicht liegen bleiben, das wissen Sie. Und war auch nicht anders besprochen.

Es stöhnte am anderen Ende.

Frenzel gab ihm die Adresse durch, auch seine, und Obermaier schrieb mit. Gutes Gelingen. Ich warte auf Sie.

Äh – und wie komm ich dann wieder zurück?

Ihr Problem, überlegen Sie sich was.

•

Gegen halb sechs am späten Nachmittag rollte ein VW-Bus ans Tor der alten *Gusa*. Im Hintergrund wartete ein Pkw mit laufendem Motor.

Ihre Rückfahrt?

Obermaier nickte.

Okay, wir sind quitt. Frenzel übernahm Schlüssel und Papiere und gab ihm die Hand. Und nicht vergessen …

Ja, ich entsorge das Zeug richtig. Versprochen.

Ich werde das beobachten. Er musste hart bleiben.

Obermaier ging hinüber zu dem parkenden Wagen, und sie fuhren davon.

Frenzel lenkte den Bulli in die zweite Halle und schloss das Tor. Demontierte die Schilder, würde ihn in den nächsten Tagen abmelden.

Noch hatte er keine Idee, wie oder von wem er ihn untersuchen lassen könnte. Die Weingläser waren natürlich weg. Aber auf dem Boden und den Polstern entdeckte er ein paar Flecken. Dunkle. Vielleicht wirklich vom Wein?

•

Wann kamen eigentlich die Bilder von Roger? Er musste sich gedulden, es würde dauern, hatte Roger gesagt.

•

Traveling in a fried-out Kombi, On an hippie trail, head full of zombie … Heute schallte ihm *Down Under* der Australier Men at Work entgegen, der große Sommerhit von einundachtzig. Oder zweiundachtzig? Egal.

Leo saß tief über sein Buch gebeugt, die Welt um ihn herum ging ihn nichts an. Zwei Hocker weiter saß Charly, hatte sich gerade eine Zigarette aus der Schachtel gepult. Kalle war nicht da. Charly nickte kurz, ohne mit den Augen zu grüßen, erhob sich und ging vor die Tür rauchen. Frenzel legte Leo die Passat-Schlüssel hin.

Danke. Steht wieder gleich ums Eck.

Passt. Übrigens: Thorsten war ziemlich aufgeregt. Leo sprach, ohne von seinem Buch aufzusehen.

Warum?

Wegen irgendwelchem Zeug im Auto.

Ich hab mit ihm schon darüber gesprochen, nur ein bisschen Papier. Hatte ich schon entsorgt.

Leo grunzte, war schon wieder in das Buch abgetaucht.

Frenzel nahm sein Wasser, setzte sich an seinen Tisch.

War nicht viel los heute.

Charly kam zurück. Kein Blick zu Leo, keiner zu Frenzel. Setzte sich vor sein Bier, nahm einen Schluck, stierte vor sich hin.

Später kam auch Thorsten. Grüßte Frenzel mit der Andeutung eines erhobenen Daumens, begrüßte Leo, keine Reaktion. Der gewöhnliche Blick zu Charly, der drehte nur kurz den Kopf und hob leicht die Hand, kaum mehr als eine Andeutung.

Man kannte sich, alles wie gehabt.

•

Frenzel saß beim Kaffee. Die fast mannshohen Scheiben seiner Küchenfenster waren staubbedeckt und trüb. Seit Jahren nicht mehr geputzt. Er würde es auch nicht tun.

Er schenkte sich nach. Seine Gedanken kreisten um das Gespräch mit Gabi drüben auf dem Bänkchen – und wie unmerklich keimte ein Verdacht in ihm auf. Thorsten der Panscher, hatte Gabi gesagt. Der Pharmazeut. Die Giftler Thorsten und Charly. Waren früher immer wieder mal tagelang mysteriös verschwunden gewesen, abgetaucht, weil sie sich mit irgendwelchen Substanzen weggemacht hatten, wie sie es ausdrückte. Was hatten sie da getrieben? In Kiel, hier, in Lübeck, in Regensburg, Basel oder sonstwo? Kein Mensch wusste das bisher. Frenzel spürte, wie sich sein Puls beschleunigte. Hatten sie damals womöglich auch schon K.-o.-Tropfen eingesetzt? Menschen in ihre Gewalt gebracht, sie … Er stoppte den Gedanken. Aber er wusste, wie einen der Rausch veränderte, auf was für Gedanken man kommen konnte, vor allem auch zu mehreren, auf welche Fantasien. Zu was man plötzlich fähig war. Er selber hatte sich immer erfolgreich dagegen wehren können, einen Rest klaren Kopf bewahrt, bei aller Aggressivität. Was aber, wenn einem das nicht gelang? Nicht vorstellbar. Er musste versuchen, herauszubekommen, was die beiden getrieben hatten damals bei ihren mysteriösen, oft mehrere Tage andauernden Drogenräuschen.

Die zwei waren ihm suspekt. Jeder auf eine andere Art, aber spätestens seit Gabis Geschichten konnte er sich nicht mehr dagegen wehren.

Er schaute aufs Blinde der Scheibe, wo Farben und Konturen ineinander verflossen. Und hatte eine Idee.

•

Es war eine verrückte Idee, doch er tat niemandem damit weh. Und er wollte es zumindest versucht haben. Also.

Er richtete sich bei gmx einen Mailaccount ein. Ferdinand Fürholzer. ferdi-für@gmx.de.

Bitte weiterleiten an langjährige MitarbeiterInnen bzw. Redaktionsmitglieder, in deren Ressort Verbrechen und die Arbeit der Polizei fallen. Danke.

Guten Tag,

mein Name ist Ferdinand Fürholzer. Ich schreibe aus der Gegend von Saarbrücken, bin im Ruhestand und gerade dabei, eine Dokumentation über Cold Cases der Jahre 1989/90–2009/10 zu erstellen, also über ungeklärte Verbrechen bzw. Morde aus dieser Zeit im deutschsprachigen Raum. Leider erweisen sich die Polizeibehörden in dieser Frage nicht als sehr kooperativ. Deshalb versuche ich es jetzt auf diesem Weg.

Meine ganz konkrete Frage: Liegen Ihnen Informationen über bis heute ungeklärte Kapitalverbrechen aus diesem Zeitraum vor, die in Ihrer Region stattgefunden haben?

Über eine kurze Information würde ich mich freuen. Sie erreichen mich direkt unter ferdi-für@gmx.de. Für ein persönliches Gespräch mailen Sie mir bitte Ihre Durchwahl und wann ich zurückrufen kann.

Ganz lieben Dank für Ihre Mithilfe!

Mit freundlichen Grüßen
Ferdinand Fürholzer

Frenzel adressierte jeweils ein Anschreiben an die *Kieler Nachrichten*, die *Lübecker Nachrichten*, die *Basler Zeitung* und die *Mittelbayerische Zeitung*. In diesen Gegenden waren Charly und Thorsten gemeinsam gewesen. Druckte die Schreiben im Copyshop aus, steckte sie in Kuverts, Briefmarken drauf und ab in den nächsten Briefkasten. Am frühen Nachmittag warf er die Briefe ein, um achtzehn Uhr würde der Kasten geleert.

•

Samstag, gegen Abend, es war noch hell, rüttelte es draußen am großen Tor.

Hallo?

146

Frenzel erkannte die Stimme.

Charly. Mit einer Flasche Wein.

Als Frenzel ihm das Tor öffnete, fuhr – was für ein Zufall!, dachte er unwillkürlich – Thorsten ums Eck. Mit dem Rad, auch eine Flasche dabei, hinten im Fahrradkorb. Aber als Thorsten Charly sah, trat er weiter in die Pedale, hob nur kurz die Hand und fuhr vorbei. Charly schien ihn nicht gesehen zu haben.

Frenzel ließ ihn herein, bat ihn ins Pförtnerhäuschen. Willkommen in meinem Reich. Was gibt's?

Charly stellte den Wein auf den Tisch. Wollte dich einfach mal besuchen. Auch mit dir reden. Seine Augen wanderten betont unauffällig durch den Raum. Ließen nichts aus. Suchte er etwas, oder war er nur neugierig?

Frenzel holte drei Gläser, ließ Wasser aus der Leitung in eine Flasche, stellte alles auf den Tisch, goss sich Wasser ein.

Charly wollte einschenken, suchte Frenzels Glas. Gar keinen Wein?

Hast du mich jemals etwas trinken sehen? Und dachte sich: Du schenkst mir hier garantiert nichts ein.

Wirklich? Auch keine Ausnahme? Ist ein wundervoller Roter. Franke, Domina, Steigerwaldkante, aus dem Gebiet der oberen Volkach. Außergewöhnlich gut. Er schenkte sich ein. »Herr, lass es Abend werden« stand auf dem Etikett. Der Wein hieß tatsächlich so.

Frenzel schüttelte den Kopf. Er wartete, dass Charly sagte, was er wollte.

Du hast dich schon umgehört? Charly prostete ihm zu, trank.

Frenzel sah ihn fragend an.

Über mich, meine ich. Bei Nick, bei Thorsten, bei Leo, bei Kalle. Wahrscheinlich auch hier bei Gabi. Oder vorher bei Walli, Hanno und den anderen. Habt ja viel zusammengesessen.

Frenzel schüttelte den Kopf. Ich hab niemanden befragt.

Aber geredet wird schon, oder?

Frenzel zuckte mit den Schultern. Ich weiß nicht, was du damit sagen willst.

Es wird viel erzählt. Und wenig stimmt. Charly blieb vage.

Um was geht es dir denn jetzt? Draußen wurde es schon langsam dunkel.

Charly trank, ließ das Gesagte so stehen. Schenkte sich nach. Und du trinkst wirklich nichts?

Weihnachten und Ostern manchmal vielleicht einen Eierlikör, sonst schon seit elf, zwölf Jahren nichts.

Wow. Und auch sonst nichts? Keine Drogen? Nicht mal ein kleiner Joint?

Schweigen.

Sag mal, fing Charly dann wieder an, dass ich ziemlich begütert bin, also viel Geld hab, weißt du sicher schon.

Frenzel schüttelte den Kopf.

Zerreißen sich doch alle ständig das Maul drüber. Pause. Ich hatte halt Glück und sehr viel geerbt. Kennst du das Hochhaus an der Kreuzung, wo es zur B4 rausgeht?

Frenzel nickte.

Das ist zum Beispiel meins. Aber auch noch zwei Wohnungen und ein paar Häuser, eins hier in der Stadt, drei auf dem Land …

Mein Haus, mein Auto, mein Boot, dachte Frenzel. Ja und? Er verstand nicht, was Charly wollte. Prahlen?

Ich sag dir das nur, damit du nicht meinst, ich erzähle wirres Zeug. Er beugte sich etwas nach vorne und senkte die Stimme, als zöge er Frenzel mit ins Vertrauen. Ich will nur, dass du mir auch abnimmst, dass ich das kann: Ich überleg mir nämlich, die *Gusa* zu kaufen.

Frenzel sah ihn an. Das Gelände hier? Ich wusste gar nicht, dass Gabi verkaufen will. Dass Thorsten schon mal davon gesprochen hatte, behielt er für sich.

Wollen? Müssen ist wohl der bessere Ausdruck. Draußen weiß es noch keiner, aber ich hab's von der Bank. Also Stillschweigen, klar? Charly sah ihn komplizenhaft an. Gabi ist hochverschuldet, und die Bank will ihr Geld zurück. Außerdem ist ihr Bruder klamm und hat vor zu verkaufen, dem gehört nämlich die Hälfte der *Gusa*. Gabi wird also kaum anders können, als sich von dem Gelände zu trennen.

Ach so, und du planst jetzt, sie zu kaufen, damit Gabi nicht rausmuss, sondern hierbleiben kann. Du machst es für Gabi. Diese Vorlage wollte er ihm noch geben.

Charly lächelte ihm ins Gesicht. So hab ich das noch nie gedacht. Nein, ich will hier umbauen. Vielleicht ein Kulturcenter machen. Noch mal ganz neu anfangen. Mit Kino und Ausstellungen, ein paar Ateliers, Kleinkunstbühne und so. Ein neues Leben beginnen.

Wie schwülstig, dachte sich Frenzel. Und warum erzählst du mir das?

Charly räusperte sich. Damit du mal mit Gabi redest. Würde ich dich bitten. Denn andere wollen das Gelände auch. Heuschrecken, Haie, Geier, kennt man doch. Die hier alles plattmachen und das Übliche herklotzen. Fünf Stockwerke Betonguss, Tiefgarage, Arztpraxen, Kanzleien und oben drüber Luxusappartements und Lofts. Er schenkte sich nach und trank. Und außerdem … Gabi ist seit einiger Zeit nicht so gut auf mich zu sprechen, und da dachte ich, wenn du …

Frenzel schüttelte den Kopf. Zeit, klare Grenzen aufzuzeigen. Nein, bitte zieh mich da nicht mit rein. Dein Business ist dein Business, und dafür bist du zuständig.

Charlys Blick wurde für einen kurzen Moment hart. Ich würde mir das überlegen.

Was willst du damit sagen?

Ich denke, du ahnst es, oder?

Willst du mir drohen?

So würde ich das nicht sagen. Ich will nur, dass du weißt, was du tust. Immerhin hast du eine Vergangenheit.

Ach ja. Und du etwa nicht? Frenzel verstummte sofort, der Satz war ihm so herausgerutscht. Purer Affekt. Charly jedoch ging nicht darauf ein. Kannst du dich bitte klarer ausdrücken? Was meinst du mit »Vergangenheit«?

Charly grinste. Na ja, so deine letzten zehn, fünfzehn Jahre … die sollen doch sicher schlummern …

Frenzel stand so ruckartig auf, dass sein Stuhl nach hinten umkippte. Raus!

Charly reagierte nicht.

Raus, hab ich gesagt!

Charly stützte seinen massigen Körper hoch, wich einen Schritt zurück. Aber …

Eins …

Frenzel zog sich demonstrativ die Ärmel hoch und deutete zur Tür.

Zwei …

Machte einen Schritt auf ihn zu.

Im Rückwärtsgang wich Charly zum Ausgang. Lauernd.

Nimm deinen Scheißwein mit! Und eins sag ich dir noch: Das mit der *Gusa* werde ich verhindern. Die kriegst du nie. Du. Nicht. Nie.

●

Frenzel brauchte fünf Minuten, um seinen Puls wieder herunterzufahren. Ließ die Situation noch einmal Revue passieren. Er musste lernen, sein Mundwerk zu zügeln. So etwas wie die Bemerkung mit der Vergangenheit durfte ihm nicht wieder passieren. Vorsichtig nahm er Charlys Weinglas, ohne es mit den Fingern zu berühren, mit einem Tempotuch, goss den Rest in den Guss und versenkte es in einem frischen Plastikbeutel. Dann suchte er den Platz ab, an dem Charly gesessen hatte. Und fand, was er sich erhoffte: ein Haar am Polster der Stuhllehne. Der Länge und Farbe nach eindeutig von Charly. Er faltete es in ein Blatt Papier und gab es in die Tüte mit dem Glas.

•

Sonntagabend war selten viel los im *Gadda*. Und es war tatsächlich ziemlich leer. Hinten zwei Tische mit einer Handvoll Studenten, vorne am Tresen Leo mit einem Buch, daneben Charly, der ihn nur kurz eines eiskalten Blickes würdigte. *Don't worry about a thing, 'Cause every little thing is gonna be all right* reaggaete beinahe absurd fröhlich und lässig Bob Marley aus den Boxen. Frenzel nahm mit seinem Wasser Platz und betrachtete die Rücken von Leo und Charly. Nick hinterm Tresen grinste.

Just als Charly, wie so oft, hinauswollte, um eine zu rauchen, kam Thorsten zur Tür herein und setzte sich an seinen Platz. Das war die Situation, die sich Frenzel erhofft hatte. Schnell trank er den Rest seines Wassers aus und stand auf, um ein neues zu holen. Schob sich in die Lücke zwischen Thorsten und Leo und stellte sein Glas auf den Tresen. Nick zapfte gerade Thorstens Bier.

Wolltest du gestern zu mir?

Thorsten sah ihn nur halb von der Seite her an. Was?

Ob du gestern Abend zu mir wolltest, als du vorbeigefahren bist?

Nein, war eingeladen.

Alles klar. Frenzel zupfte ein Haar von Thorstens Schulter, wedelte wie nebenbei ein paar Fusseln weg. Fast freundschaftliche Geste. Ich dachte nur. Er nahm sein Wasser und zog sich wieder an seinen Platz zurück. Unauffällig versenkte er das Haar zwischen den Scheinen in seinem Geldbeutel. Charly kam von draußen zurück, keinen Blick für ihn. Zahlte und ging. Kurz darauf verließ auch Thorsten das *Gadda* in die Nacht. *I met a devil woman, She took my heart away.* Wo Nick nur all diese Titel immer hervorkramte. Jetzt zahlte auch Frenzel und ging.

•

In der Folgewoche ploppte im Mailaccount von Ferdinand Fürholzer am späten Abend eine Mail auf.

Absender: Fiete Kron, Kiel.

Betreff: Ihre Anfrage wg. Cold Cases

Frenzels Puls schoss augenblicklich in die Höhe. Umgehend überflog er den Text, er war ziemlich lang. Ein Treffer!

… Doppelmord … Silvesternacht 1990/91 … Stadtteil Ellerbek … junges Paar … bestialisch … K.-o.-Tropfen …

Frenzel spürte, wie sein Herz schlug.

… Fußspuren zweier Personen. Täter wurden überführt … Strafe abgesessen … in Sicherungsverwahrung …

Frenzel hob seinen Blick, war wie vor den Kopf gestoßen. Warum schrieb ihm der eine Mail, zumal eine so lange, wenn nichts war? Er nichts zu sagen hatte? Doch dann musste er innerlich grinsen. Er stellte sich diesen Fiete Kron als einen rührigen Alten vor, schon etwas taddelig und verkalkt, aber liebenswert. Doch die Mail ging noch weiter. Schon nach den ersten Worten hielt er den Atem an.

Es fällt mir allerdings noch ein weiteres Verbrechen ein. Ich bin mir nicht hundertprozentig sicher, ob der Fall inzwischen aufgeklärt wurde, das müssten Sie mit den Behörden in Lübeck abklären. Ich glaube

152

aber doch, dass es sich um einen Cold Case handelt. Es ist, wie gesagt, ein Fall aus Lübeck, und zwar von 1993 oder 1994. Es war im Stadtwald bei Schlutrup zu Mittsommer, also in der Nacht, in der es hier oben kaum dunkel wird. Ein Pärchen hatte dort auf einer Lichtung gepicknickt, wurde von einer oder zwei Personen überfallen, misshandelt und regelrecht massakriert. Wenn ich mich recht entsinne, wurde dort DNA-fähiges Material gefunden, konnte aber nie jemandem zugeordnet werden. Ich hoffe, Ihnen geholfen zu haben. Sollten Sie Fragen haben, dürfen Sie mich jederzeit anrufen, meine Nummer finden Sie im Mailfuß.

P.S.: Sie scheinen einer der wenigen Menschen zu sein, die noch keine Spuren im Internet hinterlassen haben. Respekt. Wie stellt man das an? Zumindest habe ich keinen »Ferdinand Fürholzer« im Internet gefunden.

Uff. War er da tatsächlich etwas auf der Spur? Einen Moment überlegte er, diesem Fiete Kron zu antworten, aber dann ließ er es bleiben. Sein Puls ging wie nach vier Tassen Kaffee. Thorsten war zu der Zeit in Lübeck gewesen, und Charly hatte ihn dort sicher besucht. Oder war das nur Zufall, fantasierte er sich etwas zusammen, nur weil Gabi gesagt hatte »Thorsten der Panscher« und »Thorsten und Charly, die Giftler«, die vor Jahren unter Drogen manchmal mehrere Tage weg und nicht auffindbar gewesen waren? Hatten sie da horrormäßige Scheiße gebaut? Im Drogenrausch Menschen massakriert? War das denn denkbar? Er musste noch auf weitere Antworten warten.

●

Die Haare von Thorsten und Charly sowie Charlys Glas bewahrte er auf. Würde er vielleicht doch noch brauchen.

153

Er nahm sich ein Glas Wasser und setzte sich zwischen die Büsche in die Nacht. Lauschte den Geräuschen der Stadt und dem Rascheln der Mäuse im trockenen Laub zu seinen Füßen. Hoch droben malte ein Jet seinen Kondensstreifen unters Mondlicht. Die Nacht auf Montag war die leiseste der Stadt.

•

Am Freitag erreichte ihn eine Mail aus Lübeck. Nichts. Kein Cold Case im besagten Zeitraum. Er hatte sich mit seinen Gedanken verrannt. Dabei hatte er sich immer auf sein Gefühl verlassen können.

Am Montag darauf antwortete Regensburg. Ebenfalls: nichts. Mit freundlichen Grüßen. Auf Antwort aus Basel wartete er bis heute. Trotzdem: Jedes Mal klopfte ihm bei Eintreffen der Mails das Herz. Aber er musste es sich eingestehen: Die Fantasie war mit ihm durchgegangen. Er hatte Charly und Thorsten Unrecht getan. Was nichts daran änderte: Walli und Hanno waren tot, auch Jimmy. Und irgendwas steckte dahinter.

•

Dann gluckste mitten in der Nacht sein Handy. Er sah sofort nach. Endlich die ersehnte Nachricht. »Die vereinbarten 15 auf« … dann folgte eine IBAN … »und die Bilder gehen raus. Roger.«

Frenzel überwies umgehend.

Zwei Stunden später die nächste SMS. *There 4 u: vimeo.com/* und eine neunstellige Ziffernfolge, *PW: TheFace. Comment: Male, about 25 (min) to 30 (max) yrs, 185 cm, about 80/85 kgs. You got 2 hs for downloading the pics. thx, Roger*

Frenzel lud sich die Bilder herunter. Drei Porträts junger Männer, errechnet aus der einen, unscharfen Bewegtbildvorlage, hierarchisiert nach Wahrscheinlichkeit, 80, 70 und 50 Prozent. Keines der Porträts erinnerte ihn an irgendwen. Hatte er nie gesehen.

Den Rest der Nacht fand er keinen Schlaf mehr.

•

Am frühen Morgen klingelte sein Handy. Er kannte die Nummer nicht. War aus der Region, Vorwahl mit 09. Wem hatte er die Nummer gegeben? Nicht vielen.

Ja?

Lucki hier, Lukas Brenneis.

Helfen Sie mir auf die Sprünge.

Der Lucki von der Tanke am Hienberg, Schnaittach.

Was willst du. Ihr Deppen habt mich an die Bullen verpfiffen.

Was haben wir?

Mich an die Bullen verpfiffen.

Nein, sicher nicht.

Aber ja doch. Bei mir war einer von der Schmiere. Hat mir Erpressung vorgeworfen, bei euch an der Tanke. Mit euch als Zeugen.

Lucki schwieg. Scheiße. Muss einer von den anderen gewesen sein, Hans oder Horst. Kann ich mir aber eigentlich nicht vorstellen.

Muss aber.

Kurzes Schweigen. Hat dich das in Schwierigkeiten gebracht?

Konnte den Bullen davon überzeugen, dass es ein Handel war. Business. Leistung gegen Cash, ohne irgendwelchen Druck.

Und hat er dir das abgenommen?

Keine Ahnung, wir haben uns anders geeinigt. Berufsgeheimnis. Aber was willst du? Warum rufst du an?

Lucki ging nicht darauf ein. Ist trotzdem scheiße, dass die was mitgekriegt haben, tut mir leid. Ich werd mich mal drum kümmern. Geht gar nicht, so was. Es darf hier keine Lecks geben.

Frenzel wollte das Thema beenden, mit der Tankstelle war er eh fertig. Also, was ist jetzt, warum rufst du an?

Ich glaube, du solltest noch mal rauskommen … ich denke, dass wir hier was gefunden haben.

Was?

Musst du dir selber anschauen, vielleicht ist es ja auch nichts. Wollte nur nicht, dass es durchrutscht, hängen immerhin zwei Menschenleben dran.

Was hast du denn gefunden? Einen Geldbeutel, nen Schirm, nen Schuh …? Der Kerl war kompliziert.

Eine Aufnahme.

Von den Kameras?

Von den Kameras, ja. Zwei von unseren Kameras waren zwar an, aber nicht zugeschaltet. Weiß auch nicht, warum. Die Aufnahmen hab ich mir auf jeden Fall angeschaut.

Und?

Da ist ein Typ drauf zu sehen, der sich komisch verhält. Man könnte auch sagen: verdächtig.

Zu der Zeit, als die anderen da waren?

Genau zu der Zeit, das ist es ja.

Frenzel überlegte. Wann bist du morgen da?

Von sechs bis zwei. Kannst aber kommen, wann du willst, der Chef weiß Bescheid.

Dein Chef?

Ja. Deswegen wundert es mich ja auch, dass die Bullen … also dass einer von uns mit den Bullen geplaudert haben soll. Das macht hier keiner. Der Chef hat auf jeden Fall gesagt, ich soll zuerst dich anrufen. Wenn die Bullen das irgendwann später zu sehen kriegen, wäre das noch früh genug. Nicht dass die die Aufnahmen sperren.

Okay, danke. Ich werd schauen, dass ich es bis Mittag schaff. Muss mir erst einen Wagen besorgen.

•

Ah, diesmal was Kleineres?

Musste heute ja nicht so schnell sein.

Lucki hatte Frenzel schon erspäht, als er draußen aus einem Golf stieg. Die Autovermietung hatte so kurzfristig nichts anderes gehabt. Außerdem – der tut's doch.

Ich wäre froh, wenn ich so einen hätte, lachte der Tankwart. Aber machen wir nicht lange herum, komm gleich mal mit nach hinten. Vielleicht ist es ja uninteressant, aber wir wollten es dir schon zeigen. Er führte ihn in den rückwärtigen Büroraum. Da ist er. Stellte ihn seinem Chef vor, der offenbar über einer Abrechnung saß.

Aha, der geheimnisvolle Detektiv. Freisinger, grüß Sie. Er reichte ihm die Hand.

Frenzel, hallo.

Fangen wir gleich an?

Gerne.

Eins noch gleich vorweg, weil ich da was läuten gehört hab: Von uns hier, vom »Kernteam«, sag ich mal, hat niemand mit der Polizei gesprochen. Da leg ich meine Hand für ins Feuer. Aber wissen Sie, wir sind hier über dreißig Leute, und es wurde natürlich geredet. Und wenn die Gerüchteküche erst mal geöffnet hat … Es tut mir auf jeden Fall leid, das wollte ich nur sagen.

Ist schon in Ordnung, winkte Frenzel ab.

Danke. Also starten wir. Freisinger betätigte ein paar Knöpfe. Das war zur selben Zeit, zu der die anderen hier warteten.

Auf dem Bildschirm sah man einen Škoda Kombi zur hinteren Einfahrt des Autohofes einfahren.

Frenzel nickte. Das war's?

Warten Sie. Freisinger schaltete auf eine andere Kamera um. Der Škoda parkte. Ein kräftig gebauter Mann um die dreißig stieg aus dem Wagen. Zumindest schätzte Frenzel ihn auf dieses Alter, die Schwarz-Weiß-Aufnahmen waren krisselig und nicht sehr scharf, zudem spielte sich alles im hinteren Erfassungsbereich ab.

Der Mann, so wirkte es, schien in der Deckung seines Wagens bleiben zu wollen und sah sich um. Dann setzte er sich wieder hinein.

Das macht er so ungefähr eine Stunde lang. Steigt immer wieder aus, sieht hinüber, dorthin, wo die anderen warteten, und steigt wieder ein. Und man hat immer sehr stark den Eindruck, dass er vermeiden will, von den anderen gesehen zu werden.

Sieht ganz danach aus – wenn das die Richtung ist, in die er schaut.

Ist es.

Auf dem Bildschirm fuhr der Škoda davon.

Der Wagen ist übrigens auch auf den ersten Aufnahmen drauf, er verlässt ungefähr eine Viertelstunde vor den anderen das Gelände.

Ja, ja, das hab ich damals gesehen.

Freisinger schaltete die Bildschirme wieder ab. Das war's schon. Weiß nicht, ob das für Sie interessant ist, ich wollte aber unbedingt, dass Sie es gesehen haben.

Danke, sehr spannend. Frenzel hatte urplötzlich einen Verdacht. Eine Bitte nur: Können Sie die Aufnahmen aufbewahren?

Sind schon gespeichert.

Ich geb Ihnen Bescheid, wenn Sie sie löschen können.

•

Frenzel bretterte nach Regensburg. Rosenhof. Und hatte Glück. Der Tankwart vom letzten Mal saß an der Kasse, war mit irgendwas beschäftigt. Sah ihn nur kurz an. Du schon wieder. Machte weiter.

Ich muss noch was fragen.

Was gibt's denn noch?

Außer ihnen war niemand im Verkaufsbereich.

Erst mal: Ihr habt mich verpfiffen. Find ich ziemlich scheiße.

Schulterzucken. Weiß ich nichts von.

Irgendeiner von euch hat den Bullen gesteckt, dass …

Dass was? Der Tankwart fiel ihm ins Wort, herausfordernder Unterton, griff demonstrativ zum Telefon. Deshalb bist du hier?

Frenzel verstand, zog einen Grünen aus der Tasche, schob ihn beiläufig rüber. Schwamm drüber. Deshalb bin ich nicht hier. Ich brauch was anderes.

Der Tankwart steckte den Schein ein. Und wenn wieder jemand petzt?

Dann petzt er. Frenzel ließ einen zweiten folgen. Ich hab nur eine Frage.

Ja?

Wenn hier was Auffälliges ist oder Verdächtiges, wird das irgendwo festgehalten? Schichtbuch oder so?

Nicken.

Ist das Buch hier?

Darf ich nicht aus der Hand geben.

Kannste mal was nachschauen? Noch ein Grüner. Zwei hatte er noch einstecken. Würde hoffentlich reichen.

Was?

Vor drei Wochen. Irgendwas Auffälliges mit einem Škoda, schwarz.

Der Tankwart zog ein Buch unterm Tresen hervor, blätterte, fuhr mit dem Finger über die Zeilen. Gänßbauer stand auf dem Schildchen an seiner Montur. Sein Finger stoppte. Hier, ja.

Und?

Der Tankwart grinste ihn an. Unmissverständlich.

Dann ist's aber gut. Frenzel schob den vierten Grünen rüber.

Ist was von Kollege Hötzel: Dunkler (schwarzer?) Škoda Kombi, ca. dreieinhalb Stunden auf C11, 23:30 Uhr weg. Kein Fahrer dazu. Das ist alles. Er klappte das Buch zu.

Wann war das?

Frenzel notierte sich das Datum. Und was heißt C11?

Ist schon fast Außenbereich, hinten an der Zufahrt fürs Personal.

Frenzel verließ den Rosenhof über die rückwärtige Ausfahrt.

•

Als er am Abend zurück war, klingelte er bei Gabi. Sorry, wenn ich dich so spät noch störe. Er zeigte ihr die Bilder von Roger. Kennst du einen von diesen Typen?

Sie scrollte sich durch die Fotos. Überlegte, wollte offenbar nichts Falsches sagen. Sie nickte nachdenklich. Könnte Danilo sein, zumindest hier der eine. Obwohl – sie haben alle eine gewisse Ähnlichkeit mit ihm. Denke schon, dass er das ist. Gabi sah Frenzel an. Allerdings ist es schon zwei oder drei Jahre her, dass ich ihn zum letzten Mal gesehen habe. Danilo, du weißt schon, Charlys Stiefsohn – also der von Clara, den er adoptiert hat. Der kommt ja manchmal. Allerdings nicht zu Charly, sondern zu Thorsten. Von Charly will er schon lange nichts mehr wissen. Aber sag mal: Wo hast du die Bilder her?

Frenzel hatte die Frage nicht mehr gehört, sein Kopf arbeitete auf Hochtouren. Danilo … Was weißt du über Danilo?

Danilo? Ihr Mund verzog sich zu einem breiten Grinsen. Der könnte eigentlich Thorstens Sohn sein, würde besser passen.

Thorstens? Wieso?

Weil er von Charly absolut nichts hat. Und kann er ja gar nicht, er ist ja nur sein Stiefsohn. Aber Danilo ist genauso verrückt wie Thorsten. Einmal das Gifteln, das macht er ja auch gern, vor allem aber die Geschäfte. Was bei Thorsten das Softeis war, waren bei Danilo griechischer Marmor und alte Röntgengeräte. Der ist ja ein junger Kerl, aber clever, und irgendwie hat er immer Leute gefunden, die er von seinen Ideen überzeugen konnte und die dann investiert haben.

Griechischer Marmor?

Gabi musste lachen. Ja, weißt du, der hat gedacht, die reißen ihm den Stein aus der Hand, wenn er den erst einmal hierhat. Das ist jetzt schon ein paar Jahre her, aber da hat er drüben ich weiß nicht wie viele Tonnen Marmor gekauft und hier rübergebracht, also in die Schweiz. Aber dann hat das Zeug keiner gewollt, und er ist auf den Steinen und den Schulden sitzen geblieben. Und um die zu tilgen, wollte er dann ausrangierte Röntgengeräte aufkaufen und nach Südamerika verschiffen. Bolivien, Honduras, was weiß ich. Wieder so ne Idee. Also hat er, natürlich wieder mit geliehenem Geld, einfach mal drei von denen gekauft. Ging aber auch in die Hose.

Griechischer Marmor, wunderte sich Frenzel, auf was die Leute alles kommen. Sag mal, war Danilo in der letzten Zeit einmal hier? Hast du da was gehört?

Sie schüttelte den Kopf. Nein, sagte ich doch. Ich hab ihn bestimmt schon zwei Jahre nicht mehr gesehen. Keine Ahnung, was er jetzt macht.

Okay. Frenzel wandte sich eilig zum Gehen. Ich muss schnell rüber ins *Gadda*. Dann drehte er sich noch einmal um. Du hast doch sicher die Nummer von Charly. Nur für den Fall, dass ich ihn im *Gadda* nicht antreffe: Rufst du ihn bitte an? Er soll mal hierherkommen. Schnell. Und hier auf mich warten, ist wichtig.

Gabi sah ihm verständnislos hinterher.

·

Im *Gadda* war es ziemlich voll, aber: kein Charly, kein Thorsten. Nur Leo, und Kalle schwieg mit seinen Locken vor sich hin. Alles wie gehabt.

Charly ist nicht da?

Siehst du ihn?, fragte Nick zurück.

Ist er hier gewesen?

Nee.

Und Thorsten?

Die werden schon noch kommen. Kommen ja immer. Wasser?

Frenzel nahm das Glas und setzte sich. *In the dry winds of summer, We were sharpening the blades* galoppierte Mike Batt seinen *Ride to Agadir* aus den Boxen.

Zwei junge Männer setzten sich zu ihm an den Tisch. Frenzel kannte sie nicht, hatte sie zuvor hier noch nie gesehen. Immer wieder wanderten ihre Blicke verstohlen und mit durchwachsenem Respekt zu seinen verwaschenen Knasttattoos. Er hatte sich schon länger keine Gedanken mehr gemacht über die Wirkung dieser Dinger.

Noch immer ratterten seine Gedanken. Bildete er sich wieder etwas ein? Gingen seine Gedanken schon wieder mit ihm durch? Er zwang sich zur Ruhe, versuchte, seine Gedanken zu sortieren. Langsam ergaben die Bruchstücke ein Bild.

Frenzel wurde unruhig, Charly und Thorsten tauchten nicht auf. Voller Anspannung verließ er die Kneipe. 10cc begleiteten ihn hinaus in die Nacht. *I was walkin' down the street, Concentratin' on truckin' right …*

Jetzt hatte Frenzel es eilig. Der Typ an dem Škoda muss Danilo gewesen sein!

•

Das Loch im Zaun der *Gusa,* das groß genug war, um einen Erwachsenen hindurchzulassen, fiel ihm nicht auf, er war zu sehr in Eile. Auch den Wagen, der im Nachtschatten der defekten Laterne stand, nahm er nicht wahr. Leise schloss er das Tor hinter sich. Oben bei Gabi brannte Licht. Ungewöhnlich um diese Zeit. Hatte sie vielleicht Charly erreicht? War er bei ihr?

Frenzel verharrte einen Moment, lauschte.

Nichts.

Leise betrat er sein Pförtnerhäuschen, sah sich um.

Niemand da.

Aber die Schubladen standen offen, jemand hatte hier herumgewühlt. Peer? Dann würde er ihn finden.

Inzwischen hatten sich seine Augen an die Dunkelheit gewöhnt. Lautlos trat er wieder hinaus, machte ein paar Schritte ins Gelände, hielt sich bewusst im Dunkeln.

Eines der Hallentore stand einen Spaltbreit offen. Das, wo der Bulli stand. Hatte er …? Nein, er hatte es abgesperrt.

Frenzel öffnete das Tor, sah hinein. Nichts.

•

Das leise Zischen in seinem Rücken klang wie ein heftiger Atemzug, nur viel zu schnell, zu nah. Instinkt und Reflexe griffen. Sekundenbruchteile, Lebensgefahr. Wegducken, Schutzarm, Kopf einziehen, den Aufprall erwarten.

Der Schlag traf ihn von schräg hinten, riss ihm die Schutzhand weg. Sein Handrücken loderte auf, Frenzel wurde gegen das Tor geschleudert, strauchelte. Die Kraft eines massiven Holzprügels. Sein Schädel wäre zertrümmert, hätte er das Geräusch nicht gehört. Der zweite Schlag traf ihn an der Schulter, rutschte ab. Frenzel hatte sich tief geduckt und gedreht. Jetzt war er hellwach. Und erkannte den Angreifer: Thorsten! Fast aus der Hocke schnellte

Frenzel mit dem Kopf nach vorn Thorsten in den Bauch. Seine zweieinhalb Zentner schlugen ein, Thorsten stöhnte auf. Frenzel rappelte sich wieder hoch und krachte ihm einen Kopfstoß aufs Nasenbein, rammte ihm das Knie zwischen die Beine, versenkte seine Faust in der Magengrube.

Thorsten entfuhr ein ungutes Geräusch. Er taumelte rückwärts, ruderte mit den Armen.

Frenzel setzte nach, jagte ihm die Faust unters Kinn, dann wurde ihm schwarz vor Augen. Den Schlag spürte er erst viel später. Er sah noch, wie Thorsten zusammensackte, hörte sein Grunzen, doch wie von weit weg. Punkte tanzten in seinen Augen, die Knie gaben nach … wollten nachgeben. Wach geblieben, befahl er sich, hiergeblieben! Mach dich jetzt nicht aus dem Staub! Der Befehl drang kaum zu ihm durch, alles in ihm schrie nach Fallenlassen, Hinlegen, Wegsein. Er torkelte.

Der nächste Treffer holte ihn fast von den Beinen, nahm ihm die Luft. Ein Tritt in die Leber. Frenzel ließ sich fallen, rollte sich ab. Sein ganzer Körper brannte. Er bekam den Prügel des Zweiten zu fassen, irgendwie, riss ihn an sich, holte aus, halb im Liegen, erwischte den anderen am Knie. Das musste Danilo sein. Er fiel um wie ein gefällter Baum, Knie kaputt, Entkommen unmöglich.

Frenzels Kopf raste. Warum griffen die ihn hier an, warum überfielen sie ihn? Hatten sie etwas von seinen Beobachtungen bemerkt, seinen Recherchen? Er pumpte, dachte nach. Nein – die Schubladen … das passte nicht dazu. Sie hatten ihn bestehlen wollen! Die Küche durchwühlt, nichts gefunden, dann in die Garagen … den Bus gesehen, in Panik geraten … und dann war auch noch er aufgetaucht. Ach was für dumme Jungen! Waren die so blank? Doch woher nahmen sie an, dass er Geld hatte, sie bei ihm etwas finden könnten? Vielleicht Peer? Die Stadt war klein …

Frenzel kauerte auf dem Pflaster und schnaufte. Blut lief ihm übers Gesicht, im Mund der Geschmack von Eisen, die Lippe aufgeplatzt, sein linker Handrücken fühlte sich an wie ein Klumpen Fleisch, die Schulter brannte. Wenige Sekunden nur hatte das Ganze gedauert.

•

Tut mir leid, sagte eine Stimme von weither, ich komme zu spät. Thorsten und der andere wanden sich am Boden, stöhnten. Schubert. Aber bis ich über den Zaun ... bin ja auch nicht mehr der Jüngste. Was ist hier los?

Die beiden sind Thorsten Lauber und, vermute ich zumindest, Danilo, der Stiefsohn von Charly Burne. Sie haben mich überfallen. Frenzel hörte sich selbst wie durch Watte. Alles an ihm tat weh.

Schubert reichte ihm eine Packung Tempos. Ich hol gleich den Verbandskasten.

Frenzel nickte. Aber erst die zwei fesseln.

Schubert sah auf die beiden am Boden. Respekt.

Langsam wurde Frenzel wieder klar. Schubert? Der Poli...? Aber ... wie ... woher ...? Er tupfte sich das Blut von der Stirn, hielt sich die Hand.

Schubert quälte sich ein Lachen ab. Ha! Sie wissen doch, ich bin Polizist. Einer der von Ihnen so geliebten Spezies. Und auch noch Kriminaler. Wir haben so unsere Methoden und Wege.

Frenzel nickte. Es gab noch so viel zu sagen. In der Halle hinten rechts hängen Stricke. Für die Fesseln. Das Licht ist gleich links.

•

I saw four faces, one mad, A brother from the gutter ... Das Lied von 10cc, das gespielt worden war, als er das *Gadda* verlassen hatte, lief plötzlich wieder in seinem Kopf.

Danilo und Thorsten kauerten in Frenzels Küche mit dem Rücken zur Wand auf dem Boden. Hände auf dem Rücken gefesselt, Beine angewinkelt und mit den Handfesseln verbunden. Kein Aufstehen, kein Abhauen möglich. Schubert hatte gute Arbeit geleistet, hatte auch Frenzels Verletzungen erstversorgt. Danilo hielt sich das Knie.

Bei Gabi brennt Licht, sagt Frenzel und deutete mit dem Kopf hinüber.

Gabi?, fragte Schubert.

Die Besitzerin dieses Areals. Es ist ungewöhnlich, dass sie zu dieser Zeit noch Licht anhat. Das beunruhigt mich.

Was hat sie mit den beiden zu tun?

Frenzel zuckte mit den Schultern, stöhnte. Keine Ahnung. Aber ich weiß nicht, was dort drüben … außerdem kann sie wahrscheinlich den hier identifizieren. Er deutete auf Danilo.

Soll ich mal nachsehen? Schuberts Kopfbewegung zur Villa war eindeutig.

Das würde mich beruhigen, ja.

Aber dass Sie sich nicht an den beiden vergreifen.

Frenzel lächelte müde. Ich kann mich ja kaum bewegen.

•

Kurz darauf kehrte Schubert wieder zurück, Gabi und Charly folgten ihm. Ja Himmel, was ist denn hier los?

Setzt euch, deutete Frenzel zum Küchentisch. Die beiden wollten mich umbringen. Und dich irgendwann auch.

Danilo und Thorsten? Mich? Charly schüttelte den Kopf. Du machst Witze.

Wir haben auf dich gewartet, oben bei mir, informierte ihn Gabi, noch ganz verwirrt. Charly ist gleich gekommen, als ich ihn angerufen hatte.

Frenzel wollte noch Charly antworten. Er sah ihn an. Nein, das ist kein Witz. Ich werd es dir erklären. Dann sah er zu Schubert. Soll ich?

Auf geht's.

Okay. Kann etwas länger werden. Ich fang einmal ganz vorn an: Jimmy war nicht allein am Container. Danilo war bei ihm.

Lüge!, protestierte Danilo.

Nein, die Aufnahmen der Überwachungskamera lügen nicht. Außerdem: Jimmy wäre allein gar nicht an die Klappe gekommen, er war viel zu klein. Du hast ihm hochgeholfen. Und ihn dann alleingelassen. Ihn jämmerlich ersticken lassen.

Danilo zerrte an seinen Fesseln, wollte aufstehen. Wenn ich dich …

Schweigen Sie!, fiel ihm Schubert ins Wort. Jetzt ist er dran. Machen Sie weiter.

Danilo hat auch Ingrid, Jimmys Mutter, umgebracht.

Danilo stöhnte auf. Das ist unglaublich! Beweise? Er hielt sich das Knie.

Ja. Er hat sie höchstwahrscheinlich erst mit K.-o.-Tropfen wehrlos gemacht und sie dann aufgehängt. Am Balken des Spitzbodens in ihrem Appartement. Danilo hatte seinen Wagen auf der Raststätte Rosenhof geparkt und ist zu Fuß zu ihr. Sein Škoda wurde an der Raststätte gesehen, er stand dort über drei Stunden. Beweis beziehungsweise Zeugen: Tankwart Hötzel und das Schichtbuch. Und Danilo ist von einem Nachbarn Ingrids gesehen worden.

Und warum erinnert der sich erst jetzt?

Weil er zwei Wochen im Urlaub war, und niemand hat ihn danach gefragt. Ich war bei ihm.

Frenzel brauchte eine kurze Pause und schnaufte durch, griff sich an die Rippen. Bei den K.-o.-Tropfen übrigens hat ihm der da geholfen, der Giftler Thorsten Lauber. Damit kennt er sich aus.

Was für ein hirnloser Quatsch! Jetzt protestierte Thorsten.

Gemach, gemach. Danilo hat die ganze Zeit bei dir gewohnt. Ihr habt gemeinsam agiert, und das mit Plan.

Verbieten Sie ihm das Wort! Thorsten wandte sich an Schubert.

Lassen Sie ihn. Sie werden genug Zeit haben, alles klarzustellen und zu berichtigen.

Und schließlich: Danilo hat auch Walli und Hanno umgebracht. Lange hab ich gedacht, es wäre Thorsten gewesen. Er schloss kurz die Augen. Aber der war's nicht. Allerdings hat er ihm geholfen.

Warum hätte ich …

Weil die zwei wohl nicht an den Selbstmord Ingrids geglaubt haben. Walli kannte sie ja, sie waren Freundinnen. Und mit Thorsten hatten sie wohl darüber gesprochen. Da hat der die Sause gekriegt.

Du hast doch ein krankes Hirn!, bellte Thorsten auf.

Ich bitte Sie wirklich um Ruhe!, fuhr Schubert dazwischen. Und an Frenzel gewandt: Ich denke, Sie haben für alles Beweise?

Für vieles, ja, die Lücken aber sind jetzt Ihr Bier, zum Beispiel, wie das tatsächlich mit Hanno und Walli war. Ich hab lange genug euren Job gemacht. Das aber kann ich beweisen: Thorsten hat auf der Raststätte Hienberg zusammen mit Hanno auf Walli gewartet, als sie aus Regensburg zurückkam. Und gleichzeitig war auch Danilo dort …

Das kann überhaupt nicht sein, griff Danilo lautstark ein, ich war an dem Tag in Prag! Kann ich beweisen!

Nachts vielleicht oder am frühen Morgen, gab Frenzel zurück, zu dem Zeitpunkt aber bist du auf den Bildern, und die lügen nicht. Er wandte sich wieder an Schubert. Danilo hatte sich wohl mit Thorsten abgesprochen. Sie brauchten auf jeden Fall einen Treffpunkt, denn Danilo kam ja, wie er behauptet, aus Prag.

Frenzel huschte ein Lächeln übers schmerzende Gesicht. Ich gehe davon aus, dass sie mehrmals miteinander telefoniert haben. Erst für den Startpunkt Raststätte, dann wie sie weiter vorgehen, dann für die Übergabe der Weinflaschen, genauer: einer präparierten und einer normalen, da komm ich gleich noch drauf. Die Überprüfung der Handys wird das ergeben, ist aber jetzt Ihr Bier, werter Herr Schubert. Auf jeden Fall haben Hanno und Walli nicht gewusst, dass auch Danilo an der Raststätte war. Und durften es auch nicht wissen. Danilo ist dann schon mal losgefahren, zu einem verabredeten Treffpunkt, und hat da auf Thorsten gewartet. Der fuhr ja erst eine Viertelstunde später los, als auch die beiden Studenten die Raststätte verließen. Ist alles von den Kameras erfasst. Thorsten ist dann zum Treffpunkt, hat Danilo die vorbereiteten Weinflaschen übergeben und ist dann mit dem Passat heim. Und Danilo muss dann Hanno angerufen haben, er war ja mit ihm und Walli bekannt. Wo seid ihr denn? Ach nee, was für ein Zufall, da bin ich ganz in der Nähe! Ist doch witzig. Wollen wir uns nicht kurz treffen? Ich hab auch ne Flasche Wein dabei, so auf diese Art. Thorsten ist in der Zwischenzeit heim. Danilo hat sich mit Hanno und Walli getroffen, und den Rest kennen wir. Die Handys der Studenten wurden bisher nicht überprüft, man sah dafür keinen Anlass. Sie werden zeigen, dass ich richtig liege. Auch die Handys von denen. Er deutete auf Danilo und Thorsten.

Die zwei schüttelten nur die Köpfe.

Danilo hat, als die beiden »schliefen«, die Heizung an- und die Luftklappe zugemacht, die saubere Weinflasche reingestellt, Türen und Fenster verschlossen und ist dann mit seinem Škoda heim. Bevor er aber zu Thorsten in die Wohnung zurück ist, hat er ihm in Leos Passat die andere Weinflasche untergejubelt. Da hab ich sie dann gefunden. Wie hätte sie sonst auch dort hineinkommen sollen? Doch warum hat er sie in den Passat gelegt und nicht einfach entsorgt? Ich vermute, um Thorsten in die Schusslinie zu kriegen, sollte es irgendwelche Komplikationen geben oder der Wagen gesehen worden sein. Was ja dann auch so war.

Was für ein ungeheuerlicher Quatsch! Außerdem hab ich doch für den Passat gar keinen Schlüssel!, jaulte Danilo auf.

Frenzel sah ihn nur an. Du weißt, dass bei Leos Passat die Schlösser kaputt sind. Da kommt jeder rein. Thorsten nämlich ist, fuhr er an Schubert gewandt fort, um selbst keine Spuren zu produzieren, nicht mit seinem eigenen Wagen da rausgefahren, sondern hat sich den Passat von Leo geliehen, einem Stammgast aus dem *Gadda da Vida*, einer Kneipe hier, müssen Sie wissen.

Beweise!?

Frenzel sah Danilo ins Gesicht. Ich habe die Flasche. Sie war im Passat. Sie ist bereits untersucht, die K.-o.-Tropfen wurden nachgewiesen. Und: Es sind Fingerabdrücke drauf. Wetten, dass es deine sind?

Danilos Blick wurde hart. Und warum hätten wir Hanno und Walli …? Er stoppte mitten in der Frage ab.

Frenzel wandte sich wieder an Schubert. Ich habe übrigens den Bus von Hanno. Gekauft, nachdem die Polizei kein Interesse daran hatte. In ihm finden sich Flecken auf den Polstern. Könnten von dem Wein sein, ist jetzt aber auch Ihr Job, Herr Schubert. Er konnte es sich einfach nicht verkneifen – auch wenn der Polizist ihm erst vor einer halben Stunde wahrscheinlich das Leben gerettet hatte.

Und was soll das alles für einen Sinn machen? Charly hatte die ganze Zeit nur zugehört.

Kapierst du es immer noch nicht? Thorsten ist seit Jahren hochverschuldet, ich sag nur Softeis. Und er hat keinen sicheren Job, auch schon seit Jahren. Und Danilo hat hohe Schulden durch seine Projekte mit dem griechischen Marmor und den Röntgengeräten. Die er allesamt krachend in den Sand gesetzt hat. Du, Charly, aber hast Geld, zumindest deine Häuser, deine Wohnungen. Die Lösung der ganzen Malaise. Denn wer erbt das alles einmal? Danilo. Als Alleinerbe inzwischen. Und genau deshalb bin ich mir auch sicher: Du wärst der Nächste gewesen, zwingend. Sie haben Jimmy auf die Seite gebracht, dann Ingrid – und damit alle Erben. Hanno und Walli waren Flurschäden, das war ursprünglich nicht geplant, musste dann aber sein, um ans Ziel zu kommen. Oder die zwei – er deutete auf Thorsten und Danilo – wollten, sollte tatsächlich jemand Verdacht schöpfen, eine falsche Spur legen. Was ich aber nicht glaube. Ich bin sicher, dass sie mit Thorsten über den Selbstmord sprachen und über ihre Zweifel. Und dem nachgehen wollten. Das aber alles aufzuklären, ist jetzt Ihr Fall, sagte er an Schubert gerichtet. Ich bin raus.

Charly wirkte erschüttert. Du meinst wirklich, die beiden wollten mich …?

Hast ein schönes Früchtchen da mit deinem Sohn.

Stiefsohn.

Was keine Rolle spielt. Der Plan der beiden war gut durchdacht. Und hat ja auch geklappt. Nach außen hin gab es nur Unfälle, dumme Unglücksfälle, einen Selbstmord, und keiner fragte nach.

Erneut brauchte Frenzel eine kurze Pause und betastete seine schmerzende Hand. Dann fuhr er fort: Und, aber das ist jetzt wirklich reine Spekulation, aber es deutet vieles darauf hin: Danilo hatte den Plan, nach getaner Arbeit auch Thorsten aus dem Weg zu räumen. Er war ihm nicht mehr als ein Gehilfe, Danilo aber hatte nie wirklich vor, mit ihm zu teilen.

Thorsten sah Danilo entsetzt an. Du wolltest mich …? Mich, der ich dir so viel … er verstummte. Realisierte, dass das ein paar fatale Worte zu viel gewesen waren.

Aber Danilo gab nicht auf. Merkst du nicht, dass das alles Hirngespinste sind? Allein schon, dass wir … ich Ingrid hätte umbringen

171

sollen. Sie hat doch einen Abschiedsbrief geschrieben! Wie soll das gehen? Das macht man doch nur, wenn man sich umbringen will. Die erzählen hier nur mörderischen Nonsense. *Ich gehe jetzt. Ich halte das alles nicht mehr aus*, hat Ingrid geschrieben. Der Brief wurde doch bei ihr gefunden. Danilo triumphierte fast.

Halt, Moment mal!, mischte sich Gabi plötzlich ein. Was hat Ingrid geschrieben, hast du gesagt? *Ich gehe jetzt. Ich halte das alles nicht mehr aus.* Sind das diese Worte, die sie geschrieben hat?

Danilo stutzte und sah Gabi an. Ja.

Plötzlich schien Gabi außer sich, sie schrie Danilo förmlich an: Dann hast du ihr den Brief untergejubelt! Du Ratte, du widerliche!

Schubert machte eine beschwichtigende Geste und wandte sich an Gabi. Was meinen Sie damit?

Ich habe damals Ingrid dabei geholfen, den Trennungsbrief zu formulieren, den an Charly. Vor zehn Jahren oder so. Sie war doch im Schreiben so schlecht, also hat sie mich gebeten, ihr als Freundin zu helfen, und deshalb kenne ich den ganzen Brief.

Und?

Der Brief bestand aus zwei Blättern. Also Briefbögen. Und auf dem zweiten Bogen stand nur noch: *Ich gehe jetzt. Ich halte das alles nicht mehr aus.* Das hatte aufs erste Blatt nicht mehr gepasst. Und du, schrie sie jetzt Danilo an, hast den Brief Charly geklaut und das zweite Blatt zu Ingrid gelegt, wegen der Handschrift. Sie blickte Danilo angewidert an.

Die Pause, die jetzt entstand, war laut. Allen dröhnte das Gesagte im Kopf.

Danke, kam es schließlich leise von Frenzel. Hier war ich, muss ich gestehen, noch dünn. Der Abschiedsbrief war eine echte Schwachstelle. Er wandte sich an Schubert. Das aber war's dann im Großen und Ganzen. Was sagen Sie?

Der Kriminaler blieb ganz sachlich. Thorsten Lauber und Danilo … wie lautet eigentlich Ihr Nachname?

172

Voegeli mit oe, wieso?

… Voegeli, Sie sind vorläufig festgenommen wegen des Verdachts des mehrfachen Mordes.

Dann telefonierte er.

●

Von seinem ungeheuerlichen Verdacht gegen Charly und Thorsten erwähnte Frenzel nichts. Das war ihm inzwischen fast peinlich. Und sollte da tatsächlich was dran sein, würde es früh genug herauskommen. Spätestens bei seiner Verurteilung würde Thorsten dann Charly beschuldigen und belasten.

●

Es dauerte über eine Woche, bis Frenzel wieder einmal im *Gadda* vorbeischaute. Nick empfing ihn mit, reiner Zufall, *Back Again* von Taxiride. *When the work is done and the living is easy, I reside to my life so breezy, Think of all the troubles overcome.*

Am Tresen saßen Kalle, der wie immer schwieg, und Leo, tief gebeugt über sein Buch. Die Plätze von Charly und Thorsten waren leer. Frenzel hatte Charly seit dem Abend nicht mehr gesehen. Es hieß, er habe einen Nervenzusammenbruch erlitten und sei in fachkundiger Behandlung. Irgendwo zur Kur. Frenzel ging zu seinem Platz. Immer wieder streiften ihn verstohlene Blicke von den anderen Tischen, immer wieder wurden die Köpfe zusammengesteckt und getuschelt. Er fühlte sich dabei nicht sehr wohl.

Als er später am Tresen sein Glas zurückgab, stupste ihn Leo leicht an und schob ihm sein Buch hin. Ein Buch wie ein Backstein, ein Drittel so dick wie hoch. Blätterte ein paar Seiten zurück, deutete mit dem Finger auf eine Stelle. Lies mal.

Frenzel las.

Serienkiller arbeiten oft paarweise. Der eine Typ orchestriert, der andere macht die Drecksarbeit. Beide zusammen ergeben sie eine dritte Persönlichkeit, die Taten begeht, zu denen jeder für sich allein nicht fähig wäre.

Letzte Woche hätte ich noch gesagt, das ist Quatsch. So was gibt's doch gar nicht. Frenzel sah auf den Titel des Buches. James Lee Burke, *Flucht nach Mexiko*. Aber jetzt bin ich anderer Meinung.

Bisher hatte Leo noch nie jemandem etwas zu seinen Büchern gesagt. Nicht, solange ihn Frenzel kannte, zumindest nie, wenn er im *Gadda* war.

Frenzel legte ihm kurz die Hand auf die Schulter und verabschiedete sich in die Nacht.

•

Es vergingen ein paar Tage, dann stand plötzlich Gabi vor seinem Pförtnerhäuschen, und es war ihr sichtlich peinlich. Ich muss mal mit dir reden.

Setzen wir uns raus in die Sonne? Frenzel deutete auf das Bänkchen, das er sich neben die Eingangstür gestellt hatte.

Gern.

Schweigen.

Was gibt es denn?

Sie druckste. Weißt du … äh … die Situation ist die, dass ich eigentlich kein Geld habe.

Frenzel wusste Bescheid, aber wartete ab.

Die Bank. Und mein Bruder. Weißt du, ich hab ja kein Einkommen … Ich lebe eigentlich schon seit Jahren auf Pump. Leih mir immer mehr von der Bank, und das Grundstück ist die Sicherheit.

Hm.

Die alte Fabrik aber gehört nicht nur mir, sondern zur Hälfte meinem Bruder. Der ist Schreiner, hat einen Betrieb, und er will erweitern.

Das heißt, er will die Fabrik zu Geld machen? Frenzel wollte es ihr leichter machen, zu sagen, was sie sagen wollte. Musste.

Er will die Fabrik verkaufen, also das Gelände, und so seinen Betrieb finanzieren. Heißt, ich muss ihn entweder auszahlen oder verkaufen.

Und was sagt die Bank?

Was wohl: verkaufen. Die wittern ein Riesengeschäft, das Grundstück liegt ja mitten in der Stadt. Sie haben mir auch schon erste Projektpläne vorgestellt.

Frenzel nickte. Ich weiß, wie das dann aussieht. Erst mal hier alles plattmachen, dann Tiefgarage, im Erdgeschoss Geschäfte, drüber Arztpraxen und Rechtsanwaltskanzleien und oben schließlich Lofts. Innenstadtnahes Wohnen. Zentrumsquartier. Oder City-Traum. Betonvollguss, alles schön viereckig und glatt, ein bisschen Glas, ein bisschen Edelstahl und Kies. Feuchte Bankenfantasien. Er ließ Gabi Zeit. Auf wie viel wird denn das Gelände geschätzt?

Die Bank sagt eins sieben.

Millionen?

Ja.

Längst schon war Frenzel klar gewesen, was die in ihre zu kleinen Anzüge gesteckten Gegelten waren, die in den letzten Wochen immer mal wieder um die *Gusa* gekreist waren wie die Geier um das Aas: private Immobilienfritzen. Objekte günstig abgreifen, vielleicht investieren, meist aber nur teurer weiterverkaufen. Und waren Private auch schon da?

In der letzten Zeit ein paar, ja.

Bieten die mehr?

Sie lachte verzweifelt. Nee, aber manche bieten Bargeld. Oder einen Teil über die Bücher, einen Teil schwarz.

Geldwäsche.

Sie schwieg.

Das heißt aber, das Höchstgebot momentan kommt von der Bank und steht auf eins sieben.

Ja.

Und dann?

Bleibt mir nicht mehr viel. Reicht vielleicht grad für ne Wohnung hier in der Stadt. Ne kleine, eineinhalb Zimmer.

Uff, so viele Schulden hast du schon?

Etwas über dreihunderttausend.

Das hat dir die Bank einfach so gegeben?

Über die Jahre, ja.

Frenzel schüttelte den Kopf. Bei den Zinsen. Gauner. Wie lange geht das schon so?

Dass sie mir Geld geben? Über acht Jahre.

Frenzel schüttelte noch immer den Kopf. Das haben die strategisch und langfristig geplant, die wollen schon seit Langem an das Gelände.

Das glaube ich nicht. Die sind sonst immer nett.

Ja, verlogene Freundlichkeit vielleicht. Banken wollen immer deine Kohle, sonst nichts. Das ist deren Geschäftsmodell, egal was sie kommunizieren. Dein Wohl ist denen egal. Wo du bleibst, auch.

Frenzel schwieg und überschlug im Kopf ein paar Zahlen.

Ich hab eine Idee.

Gabi sah ihn an.

Mach dir um die *Gusa* mal keine Gedanken, hier bleibt alles so, wie es ist.

Wie …?

Ich mach dir einen Vorschlag: Ich kauf die *Gusa*, du gibst deinem Bruder die Hälfte, dann ist der abgefrühstückt, gibst der Bank ihr Geld, dann bleibt dir auch noch was übrig, ich geb dir Wohnrecht auf Lebenszeit, dann musst du hier nicht raus. Ich kümmer mich um das Gelände und hab meine Ruhe. Keiner kann mir mehr was, und mir gefällt es hier sowieso. Sehr, sehr gut sogar.

Sie sah ihn ungläubig an. Hast du denn so viel Geld?

Er lachte. Noch mehr.

Kriminelle Kohle?

Nee, geerbt. Ein Lottogewinn meines alten Herrn. Er hat sein Leben lang nicht viel übriggehabt für mich, aber am Schluss hat er mir sehr viel übriggelassen.

Sie schien überrumpelt. Und du würdest wirklich …?

Ja, ich glaub schon. Aber … Einen Spaß sollten wir uns noch erlauben. Die Bank ist ja jetzt schon am Quengeln, richtig? Die wollen dich doch möglichst bald hier raushaben.

Hm.

Das heißt, sie werden jetzt irgendwann unfreundlich. Pfändung, Räumungsklage, Gerichtsvollzieher, was weiß ich. Du wirst sehr schnell sehen, wie weit es her ist mit deren Freundlichkeit.

Und?

Wir lassen sie alle diese Geschütze erst einmal auffahren. Sie sollen sich in ihrer ganzen Widerlichkeit zeigen, ihrer ganzen Charakterlosigkeit und Geldgeilheit. Und dann werden wir sie derblecken! Werden im letzten Moment zuschlagen, erst im allerletzten. Dann, wenn sie schon siegessicher sind und bei ihnen der Sekt kaltgestellt ist. Lassen sie eiskalt gegen die Wand fahren. Weil *du* verkaufst ja, du bestimmst den Zeitpunkt. Und den Preis. Einverstanden?

Aber kostet das nicht eine ganze Menge Geld?

Frenzel schüttelte den Kopf. Na ja, Gerichtsvollzieher, ein paar Schreiben, Amtsgebühren … so viel kann das nicht sein, und außerdem: Das wär's mir wert.

•

Später saß Frenzel auf seinem Stuhl zwischen den Büschen. Lauschte den Hummeln und den Fliegen, sah einer Spinne zu, wie sie ihr Netz baute, erfreute sich an dem Rotkehlchen, das scheinbar ohne Scheu vor seinen Füßen am Boden herumpickte. Unter dem Himmel hingen tiefgraue Wolken, der Herbst kündigte sich an. Von Charly hatte er eine Postkarte bekommen, Bad Kissingen, irgendeine Klinik. Der Text bestand aus einem einzigen Wort:

DANKE!

Aus Gabis geöffnetem Fenster sang Otis Redding sein *Dock of the Bay*. Von dort hatte Frenzel noch nie Musik gehört.

Sittin' in the mornin' sun, I'll be sittin' when the evenin' comes, Watching the ships roll in, Then I watch 'em roll away again, yeah, I'm sittin' on the dock of the bay, Watchin' the tide roll away, ooh, I'm just sittin' on the dock of the bay, Wastin' time …

Das Leben konnte wieder beginnen.

Oder weitergehen.

•

Ein paar Wochen später, Charly war wieder zurück aus der Klinik, stand Gabi erneut vor Frenzels Pförtnerhäuschen. Wie schon einmal schien es ihr peinlich. Ich muss noch mal mit dir reden.

Setzen wir uns wieder raus auf die Bank?

Nein, so lange will ich nicht bleiben.

Er sah sie an. Was ist? Er merkte, dass es ihr schwerfiel. Sie blickte zu Boden.

Er ließ ihr Zeit.

Ich … ich möchte lieber doch nicht …

Was?

An dich verkaufen.

Frenzel sah sie verständnislos an. Perplex. Aber warum …?

Weißt du … Charly und ich … Sie verstummte.

Das gerade Gesagte traf ihn wie ein Schlag in die Magengrube. Gaby …?

Dabei wusste er im selben Augenblick, dass die Frage sinnlos war. Gabis Entscheidung war gefallen. Sie wollte nicht mehr an ihn verkaufen, nicht mehr mit ihm … wollte mit Charly … Punkt.

Sie stand da mit Tränen in den Augen, kämpfte dagegen an, schluchzte. Es ist jetzt alles so anders. Weißt du, ich und Charly … Ihre Stimme erstickte, dann drehte sie sich um und ging.

Charly, dachte sich Frenzel, verheilt da eine alte Wunde?

•

Zwei Tage später sah man Frenzel auf dem Weg zum Bahnhof, mit nichts weiter als seiner Reisetasche.

Eineinhalb Jahre später. Frenzels Ermittlungen hatten sich weitgehend als zutreffend erwiesen. Danilo und Thorsten wurden der Planung und Durchführung der Morde an Walli, Hanno und Ingrid verurteilt, im Fall Jimmy jedoch freigesprochen, die Beweislage war zu dünn. In dubio pro reo.

Die Angeklagten hatten während des gesamten Verfahrens geschwiegen.

•

Zwei Jahre nach den Vorfällen wurde in einem Schuppen im Itzgrund hinter Bamberg unter einer alten Plane eine männliche Leiche gefunden. Gefesselt. Sie befand sich im Zustand fortgeschrittener Verwesung. Nach den Befunden der Gerichtsmedizin wurde die Person gefoltert und mit einem Genickschuss getötet. Die Umstände deuteten sehr stark auf eine Hinrichtung hin.

Frenzel.

Bei dem Toten fand man eine Reisetasche mit dem Nötigsten, kein Notizbuch. Er hinterließ ein Konto mit knapp zwanzig Euro.

Danksagung

Die Grundidee zu diesem Buch entstand während eines längeren Klinikaufenthaltes. Mein besonderer Dank geht deshalb an die Ärztinnen und Ärzte sowie das Pflegepersonal des Krankenhauses Fürth. Ohne sie ... na ja.

Ganz großer Dank auch an Lektorat und Korrektorat, die mitgeholfen haben, die Idee lebens- und buchfähig zu machen.

Und danke an meine Frau. Sie macht mir das Leben lebenswert.

Für Wolfgang.
RIP